世界の半分が欲しいって
誰が言った!?
最強勇者の王国経営
時野洋輔
福きつね／絵
～せっかちな魔神の力で膨大な国土を手に入れたので
国民を守るため残りの半分の世界と戦います～

イクサ
邦来仁／ジン
ローリエ

Contents

プロローグ……007
第一話　世界の半分なんていらねぇよ……018
第二話　さっさと国王やめたいよ……059
第三話　傲慢な使者なんて碌なもんじゃねぇ……109
第四話　これ以上の名は要らねぇぞ……141
特別書き下ろし
閑話　ローリエとシヴの女子飲み……175
第五話　金ってなんでなくなるんだよ……180
第六話　種族のしがらみほど面倒なものはねぇ……206
第七話　ダークエルフの年齢はわからねぇよ……244
第八話　裏切ったからには覚悟はできてるんだろうな？……269
エピローグ……326
特別ページ　キャラクターガイド……331
あとがき……339

世界の半分が欲しいって誰が言った!? 最強勇者の王国経営

~せっかちな魔神の力で膨大な国土を手に入れたので
国民を守るため残りの半分の世界と戦います~

時野洋輔
Illustration　福きつね

新紀元社

ロイ
モニカ

シヴ
アイナ
サエリア

プロローグ

高校から父親が入院している病院に向かって歩いている途中の出来事だった。

気付くと俺は見知らぬ場所にいた。

壮厳な石造りの壁に覆われた、まるで中世ヨーロッパの古城の謁見の間を思わせるような場所だった。

周囲には、豪華な装飾を施した長いローブや金の糸で縫われたマントを纏《まと》っている、日本人よりも彫りの深い顔をした人たちがいて、俺を見ていた。

目の前には台座があり、金色の腕輪が置かれている。

「おぉ、勇者よ！　よくぞこの世界に参られた！」

まるでミュージカル俳優のように声高らかに叫んだのは、いかにも王様ですって感じの太ったおっさんだった。

この世界？　この世界って言ったか？

質《たち》の悪い冗談だと思う。

あれ？　今のは日本語じゃないよな？　なんで理解できたんだ？

さっきから頭が痛い。

なんなんだ、これは。

俺が頭を抱えていると――

「伝承の通りだな。勇者はこの世界に召喚されると、この世界で生きていくのに必要な知識と勇者の力が手に入るのだ」

必要な知識？　勇者の力？

意味がわからない。

意味がわからないのに、理解してしまう。

彼の言っていることは事実なのだと。

頭痛が治まったと思えば、今度は身体が熱い。

まるで自分が自分でなくなっていくかのような恐怖に呑み込まれそうになる。

勇者としての力が備わっていくってことなのか。

苦痛は永遠に続くと思われた。

周囲の人間は俺を見ているだけで、手を差し伸べようとする者は誰もいない。

そして、その時は終わった。

痛みが消えていく。

「終わったな。さて、勇者にはこれから魔王退治のためにこの地で修行に励んでもらうことになる」

「陛下、質問をすることをお許し願えないでしょうか？」

「いいだろう」

「私は元の世界に戻れるのでしょうか？」

「もちろん可能だ。其方《そなた》が魔王を倒したその時には、元の世界に帰すつもりだ。むろん、褒美も取らせる」

「ありがとうございます」

確信した。

このままここにいてはいけないと。

「それとお許しいただけるのでしたら、陛下の話を聞く前に少し休憩させていただけないでしょうか？　先ほどから頭が痛く、集中できないのです。陛下の有難いお言葉を賜るのにこの状態では不敬極まることでしょう。どうか、しばしの休息を――」

「うむ、そういうことならば仕方がない。誰か、勇者を休める場所に案内して差し上げろ」

と言うと、兵士の一人が俺を案内してくれた。

俺は頭が痛い素振りをして礼を言い、謁見の間を去る。


そして、長い時間歩かされる。

頭が痛いと言っているのに、なんで近くの部屋に向かうのではなく螺旋階段を登らされるのだろうか？

「どうぞ。中のものはご自由にお使いください」

用意された部屋もかなり豪華な造りだった。

調度品一個売るだけでもかなりの金になりそうな気がする。

窓の外を見る。

そこは尖塔の一番上の部屋だった。

誰かを休ませるための部屋ではない。

造りは豪華だが、これはむしろ牢獄だ。

俺はここからどう逃げ出すか思案する。そう、逃げるのは確定だ。

王様はもちろん、周囲の人間も信用ならない。

彼は知らなかったのだろう。

勇者に与えられるという知識について。

例えば、台座に置かれていた腕輪は隷属の腕輪といい、それを付けた相手を言いなりにする魔道具だ。主に奴隷などに対して使われる。

俺はそれを知識として得ていた。

だが、それを見ただけで王様の信用が下がったわけではない。

召喚された人間が極悪人であったり、性格に難ある相手だと思ったら、無理やりにでも隷属の腕輪を着けさせて使役しようとするのは保険としてありだろう。

問題は俺の質問に対する答えだ。

魔王を倒したら俺を元の世界に帰すと言ったときの王様の目は嘘を吐《つ》いてる目だった。

帰さずに別の仕事を押し付けるのか、それとも帰す方法を知らないのかはわからない。あそこでしつこく質問するようなら、下手したら無理やりにでも隷属の腕輪を着けられていただろう。

それをしなかったのは、勇者の力を恐れているからかもしれない。

さて――

扉の外に見張りが二人。さらに下にもう二人の気配がする。

入ってきた扉から出て外にいる二人を昏倒させても騒ぎになったら出口を塞がれる。

俺は窓を開けた。

マンションの五階くらいの高さ。

高さ十五メートル。

普通なら落ちれば大怪我を負うか、もしくは死ぬ。

だが、知識としてある勇者の力ならば大丈夫なはずだ。

このくらいの高さからなら落ちても死なないし、さらに十メートルは先にある城壁に跳び移ることだってできるはず。

逃げた先のことを考えると、先立つものは必要だ。

振り返って部屋を見る。

壺や絵画などの調度品、ベッド。

幸い、中の物は自由に使ってもいいと言葉を貰っている。

試しにガラスの水差しを手に持ち、この世界に召喚されたときに得た能力を試してみる。

思い浮かべるのは見えない穴。

そこに水差しを入れるイメージで前に突き出すと、水差しが俺の思い浮かべた実際には何も見えない穴の中に入っていく。

次元収納。

別の空間に無限に物を入れることができる能力だ。

俺は部屋にあるものを手当たり次第に中に入れる。

そして、全て収納し終えたところで、窓枠に手を掛けた。

外は昼。

さすがに窓から飛び降りて誰にも発見されない程、ここの警備体制は甘くないだろう。

それになにより、怖い。

決断するまでに数分の時間を要した。

だが、決断してからは早かった。

俺は部屋の隅まで下がって助走し、窓枠に足を掛けると、大きく跳躍。尖塔より遥か先にある城壁の上に飛び移ることに成功した。

が当然、城壁の櫓《やぐら》で見張っていた兵に見つかり、鐘を鳴らされる。

「勇者が逃げたぞ」という声が聞こえてきたので、俺は慌ててそこから飛び降りて王都の中へと逃げだした。

こうして、俺——邦来仁《ほうらいじん》の異世界の生活は始まった。

普通、フィクションの世界ではこの後、困難に立ち向かったり、大切な仲間ができたり、巨悪と

【プロローグ】


戦ったりするのだろう。

だが、そんなことにはならず、五年の時間が流れた。

俺は今、召喚された国から離れ、多民族国家のアルモラン王国で、「ジン」と名乗って生活をしている。

砂埃の舞う砂漠地帯のこの国は、多くの人種が生活をしているため異世界人の俺でも目立たずに生活ができる。

勇者の力のお陰で仕事にも困っていない。

仕事の傍ら、元の世界に戻る方法も調べているのだが、五年経った今でもそちらは全然わからない。

「よぉ、ジン！　花屋のミランダちゃんに告白して振られたんだ！　愚痴を聞いてくれ――ん？　相変わらず調べものか？」

酒場で葡萄酒を飲みながら本を読んでいる俺に声を掛けてきたのは蜥蜴人《せきえきじん》族のダルクだ。

蜥蜴人族というのは人間よりも少し大きい、二本足で立つトカゲのような生物なのだが、人間と同じで言葉も喋れるし、服だって着ている。

俺を召喚したレスハイム王国では魔物と呼ばれて忌み嫌われているが、アルモランでは人権も認められ、他の種族と同様の生活を送っている。あの時隷属の腕輪を装備していたら、ダルクのような罪のない蜥蜴人族も殺していたのだろうと思うと、即座に逃げ出したのは英断だったと思う。

「転移魔法について調べてたんだ。どうだ？　何かいい情報があったらエール一杯奢ってやるぞ」

「転移魔法ねぇ――失われた古代の魔法だろ？　そうだ！　いい情報があるぞ！」

「本当か？」

「ああ、転移魔法が存在したっていう数千年前の遺跡ダンジョンが発見されたんだ」

「遺跡ダンジョンねぇ」

ダンジョンというのは、魔物が湧き出る瘴気が集まるスポット的な場所だ。魔物といっても、人間に近い蜥蜴人族のような種族ではなく、獣に近い駆除対象となるものだ。

遺跡ダンジョンとは、ダンジョン化している遺跡のことで、最近発見されたものなら古代の財宝等が眠っている可能性もある。

「場所は？」

「おっと、続きはエールを奢ってもらってからだ」

「ああ。白蟻炒めもサービスしてやろう」

「お、いいねぇ。ジンも一緒に食うか？」

「俺はパスだ」

白蟻炒めは文字通り白蟻を塩で炒めただけの料理だが、蜥蜴人族だけでなく人間にも人気の料理だったりする。

一度、賭けに負けて食べさせられたことがある。味は美味しかったが、それでも見た目が本当に白蟻なので、何度も食べたいとは思わない。

注文したら早速テーブルに運ばれてきたので、ダルクは白蟻炒めを素手で掴んで食べ、それをエールで流し込む。

「かぁぁぁ、疲れた身体に塩分と酒精が染み渡る。本当に蜥蜴人族が過ごしやすいのはこの国くらいだよ」

ダルクが喉を鳴らして喜びを表現する。

「魔王の国はダメなのか?」

ここから西に少し行けば、もう魔王サタナブルスが支配するサタナス魔王国だ。

「ジンには言ってなかったか。俺はサタナス魔王国の出身なんだよ」

ダルクは苦虫を噛み潰したような表情で白蟻を噛み潰して言った。

「確かに蜥蜴人族の集落はいくつかあるが、隠れ里のようなもんだよ。魔王に認められていない種族は捕まって戦闘奴隷にされるか、遊び半分に殺されるのがオチだ。兄貴も奴隷狩りに捕まって帰って来なかった。それで俺たちの一族は魔王領から逃げ出す決心をしたんだが。国境を越えるときに大半が死んだよ」

と言ってダルクはもう一度エールを飲む。

魔王の悪い噂は何度も聞くが、当事者の話を聞くとやっぱり思うところがある。

魔王の目的が世界征服だというのなら、いつか戦わないといけない日もくるだろう。

それが敵とも言えるレスハイム国王に利することになっても。

「なぁ、ダルク。それで例の話だが――」

「そうなんだ。ミランダちゃん、別のオスの卵の世話があるから俺のための卵は生めないって――」

「そうじゃねぇ！　遺跡ダンジョンの話だ」

「そっちか。ほら、この街の南西に王家の墓があっただろ？」

「王家の墓って、盗掘されまくって何も残ってない廃墟だろ？」

「そこに隠し通路が見つかって、その奥がダンジョン化しているって話なんだ。発見者は早々に逃げ出してギルドに報告してな。それで冒険者の何人かが調査に向かったが、調査隊は壊滅。九人が死んで一人がなんとか逃げ帰った。それでわかったのが、古代時代の遺跡ダンジョンだってことだけ」

冒険者というのは、いわば戦いに関する何でも屋のことだ。

調査隊の冒険者といえば凄腕の傭兵レベルの者たちだが、それが壊滅状態か。

間違いなく高難度ダンジョンだな。

だったら、墓荒らしを免れ、遺跡の財宝がそのまま存在する可能性も高い。

「それと、これはあくまで伝承なんだが、王家の墓の奥には、どんな願いでも叶えてくれる魔神が封印されているって話がある。もしかしたら、遺跡ダンジョンの奥にその魔神が封印されているのかもしれないな」

「へぇ、それは面白そうだ。ちょっと行って来るよ。ダルク、もし俺が留守の間にチビが帰ってきたら……」

「餌くらいは恵んでやるよ」

「ありがとうな」

俺はダルクに礼を言い、その遺跡ダンジョンに行く準備をした。

どんな願いでも叶えてくれる魔神――もしもそんなのが本当にいるのだとすれば、元の世界に戻れるかもしれない。

そんな淡い期待を抱いて。

第一話　世界の半分なんていらねぇよ

ダルクから教わった遺跡ダンジョンの入り口に到着した。

王家の墓といっても、日本の大きな古墳やエジプトのピラミッドみたいなものではない。盗掘対策なのか目印らしきものは何もなく、砂の下に埋まっている。

だが、その対策も無駄に終わり、今では発掘作業も終わり、盗掘されつくしている。

墓荒らしによって作られた煉瓦の階段を降りて砂の下の王家の墓に向かう。

階段を下りきったら光もほとんど届かず、王家の墓の中は薄暗い。

勇者になって夜目も利くようになったが、とはいえこの様子だと完全に光が届かなくなるのも時間の問題だろう。

手を前に翳《かざ》すと、光の球が十個浮かんだ。

これは魔法と呼ばれる技術だ。

人間なら約十人に一人使える。

ダルクのような蜥蜴人族は千人に一人くらいしか使えないが、ほぼ全員魔法を使えるエルフのような種族もいる。

体内の魔力と呼ばれる力を使い、様々な奇跡を起こす。

日本人の俺には元々魔力なんてものは存在しないはずだが、勇者の力を手に入れたときに一緒に入手し、いろんな魔法が使えるようになった。

冒険者ギルドで魔力を見てもらったときは測定できないくらい魔力があるって言われて大騒ぎになって、逃げだしたことがあった。

「ん？」

戦いの音が聞こえる。

遅れて人と魔物の気配に気付いた。

どうやら先客がいたようだ。そして、気配でわかるが、かなり苦戦しているらしい。

こういう場合、助けに入っても碌《ろく》なことはないのだが、戦いが終わるのを待つのも面倒だし、魔物に食い荒らされた死体を見るのもグロテスクでイヤだからな。

少し速足で音と気配のする方に向かう。


紫色の巨大なトカゲと冒険者風の四人組が戦っていた。

いや、既に三人か。一人、石になっている。

あの巨大な紫トカゲはバジリスク――人間を石にする力を持つ魔物だ。

俺の位置はバジリスクの背後。

三人はちょうど退路をバジリスクに塞がれた形になっている。

その三人のうちの一人が俺に気付くと、

「おい、あんた！　助けてくれ！」

素直に助けを求められて、少し気が楽になる。

ここで何も言われずに魔物を倒したら、傍からみたらどれだけ危ない状況でも「俺たちだけで十分勝てた。あんたのやったことは魔物の横取りだ！」と因縁をつけられることがあるからだ。

頼まれたので早速、腰に差していた剣を抜き、魔力を纏わせる。

抜いたのはなんてことはない鉄の剣だ。

この世界の剣は斬るというより叩くという感じで、とにかく切れ味が悪い。

だが、魔力を纏わせることでその切れ味が増す。

まずはバジリスクの尻尾を攻撃する。

バジリスクの尻尾は直ぐに再生するが、しかし振り回して攻撃されるのは厄介なので最初に斬り落とした。

バジリスクが雄叫びを上げる。

自分で切り捨てることができる尻尾だが、他人に斬り落とされるのは腹が立ったらしく、振り返ったその目には怒りと殺意が宿っている。

俺のことを食べるべき獲物ではなく、戦うべき敵と見たのだろう。

攻撃手段は体当たり。あの巨体に押し潰されたら並みの人間では無事では済まないが、本当に警戒するべきなのはあの牙だ。

バジリスクに噛まれると毒が体内に注入され、石に変えられる。

俺は勇者の力で毒に耐性があるが、それでも体内の毒を完全に中和するのに時間がかかる。

予想通り体当たりしてくるバジリスク――狭い通路だと厄介なことこの上ないが、俺は周囲に展開させていた光の球をバジリスクに飛ばす。

冒険者の持っていた松明《たいまつ》程度の灯りならまだしも、ＬＥＤライトよりも強力な光は、地下の暗闇に慣れたバジリスクの目を眩ませるには十分だったようだ。

もっとも、バジリスクは蛇と同じように敵の体温を感じとる第三の目があるから、本当に目眩まし程度の隙しか生み出せない。

それでも――

「俺に一瞬でも隙を見せたのがお前の最期だった」

背後からならまだしも、正面で向かい合っている時の隙ならば、頭、首と急所は狙い放題だ。

俺は大きく跳躍し、俺を見失いながら体当たりしてくるバジリスクの上を取ると、そのまま剣を振り下ろし首を斬り落とした。

頭を失っても尚、バジリスクの足はバタバタと動きを止めなかったが、やがてそれも止まる。

返り血を浴びたので水魔法で洗い流すが、髪の毛とかについたものはなかなか取れないんだよな。

「アッシュ！　アッシュ！」

冒険者のうちの一人の女が石と化した男に抱き着いて泣きながら彼の名を叫ぶ。

バジリスクが死んだからといって、石化した人間が元に戻るとは限らない。

それに、怪我をしている奴らもいるな。

俺はバジリスクを次元収納に入れながら言う。

「金貨十枚だ。払ってくれるのならその男の治療を引き受けよう」

「本当にっ⁉　本当にアッシュを助けられるの？」

女が一縷《いちる》の希望に縋《すが》るような目で俺を見るが、後の二人はどこかその目に懐疑的な色を浮かべている。

石化の治療には高位の魔法が必要となる。

「別に払いたくなければいい。俺は先を急ぐだけだ」

「払うわ！　ねぇ、みんな！」

「しかし――」

「アッシュのためよ！」

そう言って女は鞄の中から銅貨と銀貨を取り出す。ちょうど金貨三枚分くらいといったところか？

残りの二人も不承不承という感じでそれぞれ革袋から金を取り出す。

魔法を唱えると、石化した男の身体が光り輝き、元の肌の色を取り戻していく。

「キュアストーン」

「…………っ！　俺は、助かったのか⁉」

「この人が助けてくれたの！　金貨十枚で」

「金貨十枚っ⁉　そんな金――ただでさえ借金して装備を整えてきたっていうのに」

「アッシュを助けるためだもの」

「しかし――」

金のことでなんか揉めているが俺には関係のない話だ。

そのまま立ち去ろうとすると――

「なぁ、あんた！　バジリスクの素材、少し分けてくれないか？　俺たちも少しは傷つけていたんだし」

と最初にバジリスクから助けを求めた男が俺に声をかけてきた。

「悪いが、あんたたちが救助要請をした時点であの魔物は俺のものだ。分け前を渡すつもりはない。冒険者規則にもそうある」

「だったら俺たちも一緒に連れて行ってくれないか？　未踏破のダンジョンだ。一人で行動するより五人で行動した方が――」

「バジリスクなんかに後れを取る冒険者は足手纏いだ。他を当たれ」

俺はそう言って立ち去った。

そして、暫し歩いた後、深いため息を吐く。

これだからダンジョン内で人を助けるのはイヤなんだ。

振り向き様に剣を抜き、足音を立てずに殺意を向けて近付いてきた男二人の腹を切り裂き、さらに後詰めで攻撃してくるはずだったアッシュも流れるように斬る。

残ったのは一番後ろでナイフを構えていた女――彼女は恐怖に怯え、目を瞑りながらナイフを投げてくるが、俺はそれを剣で弾き、バジリスクに対してそうしたように、彼女の首も斬り落とした。

先ほどの金貨十枚が惜しくなったのか、俺の所持品を奪うつもりだったのか、もしくは俺が次元収納に入れたバジリスクの死体が狙い――いや、その全部だろう。

人間が全員悪人とは言わないが、冒険者をしているとこういうことは往々にしてある。

死体も次元収納に入れた。

ダンジョン内で放置すれば不死生物化する危険もあるし、そうでなくても帰りにこの道を通るとき、魔物に食い荒らされたこいつらを見ると気が滅入るからだ。

ダンジョンから出たら火葬くらいはしてやろう。

異世界は殺伐としている。

楽しいこともあったが、それより辛いことが多かった。

もっともそのお陰で、俺は望郷の念をこれまで忘れずにいられたのだが。


遺跡ダンジョンの中は、攻略不能と言われる理由がわかるほどに魔物の巣窟になっていた。

バジリスクは序の口で、ミノタウロスやヒュドラ、レッサードラゴンなどの魔物が溢れている。

普通、こういうダンジョンは魔物の生態系を保つためにも被食者側として弱い魔物もいるはずなのだが、そんな魔物は一切見当たらない。

自然のダンジョンではありえないことだ。

まるで侵入者を阻むためにだけ存在するような配置だ。

何かを護ろうとしていて、その護ろうとしているものが大きいということか。

だとしたら、この先に願いを叶える魔神が封印されているという噂に信憑性《しんぴょうせい》も出てきた。

大量の魔物を次元収納にしまいながら俺は前に進む。

光魔法で照らし出された壁には、エジプトの象形文字のような絵が描かれていた。

意味はわからないが、遠い歴史の重みを感じる。

これだけ魔物が跋扈《ばっこ》しているダンジョンの中で長年その姿を保っていられるのは、何かしらの魔法により保護がなされているからだろうか？

歴史的な価値があるのかもしれない。

俺は壁に手を添え、力を込める。

壁が音を立てて崩壊していき、その先に広い部屋が続いている。

俺は瓦礫を乗り越えて部屋の中に入った。

奥には扉があり、その扉の上には巨大な獅子の像。

石でできていると思われた像から魔力を感じる。

扉を開けようとすると襲い掛かってきそうだ。

魔物ではなくゴーレムの類だな。

だったら、馬鹿正直に付き合うつもりはない。

魔法で火の球を生み出して、それを石造の像に向かって投げた。

すると、獅子の眼窩《がんか》に赤い光が灯り、火の球を躱《かわ》した。

火の球が着弾して巻き起こった爆風に乗り、地面に降り立つ。

あのまま動かないでいてくれたら楽に終わったのだが、そこまで甘い設計ではないらしい。宝箱に擬態したミミックとかだと、割とこの方法で戦いが終わるのだが。

石像の獅子が吼《ほ》えると、風が渦を巻いて俺に向かってくるが、俺はその風の渦を魔力を込めた剣で切り裂いて消す。

さらに獅子の石像は飛び掛かってきたが、その爪を紙一重で躱しながら剣を振り上げて叩き壊す。

少し頑丈だったが、この程度か。このダンジョンの魔物の中では一番強かったかな？

しかし、勇者の力には及ばない。

勇者は強い。

たぶん、素の力だけなら魔王よりも強いだろう。

だが、それだけでは魔王には勝てない。

魔王はコアクリスタルと呼ばれる魔力の塊を持っていて、そのコアクリスタルの近くでは強大な力を発揮することができる。

その力を封じるには、魔王の配下の四大部族の長《おさ》が持つサブクリスタルを全て手中に収め、コアクリスタルへのエネルギーの供給を絶たないといけない。

それで初めてコアクリスタルの力を無効化し、魔王と戦うことができるそうだ。

まぁ、俺にはいまのところ関係のない話か。

「さて、鬼が出るか蛇が出るか」

奥の扉を開ける。

そこにあったのは金銀財宝——人生五百回くらい遊べるほどのお宝が山になっていた。

だけど、魔道具の類は見つからない。

願いの魔神もいない。

「所詮は噂か」

まぁ、金はあって困るものではない。

全部次元収納に入れる。

情報をくれたダルクにも金貨一枚くらい恵んでやるか。

そんなことを考えていると——


（こっち）


「——っ⁉」

いま、確かに声が聞こえた気がした。

女の声だ。

俺は声のした方に行く。

「この壁か」

先ほどよりも分厚いため、わからなかったけど、隠し部屋がある。

さっきの金銀財宝はそこが終点だと錯覚させるための罠ってことか？

だとしたら、それよりも貴重なものがあるのかもしれない。

あそこにはなかった魔道具の類か、もしくは――

さっきの声が気になる。

本当にいるのか？

壁に手を添えて力を籠める。

壁に罅《ひび》が入った。

その罅は段々と広がっていき、そして――

「やっと来てくれた」

崩れた壁の向こうにいた彼女が、俺を見てそう微笑んだ。

両手両足を鎖に縛られたその彼女はさらに続ける。


「私は願いの魔神アイナ。どんな願いでも叶えてあげるわ」


ひらひらとした水色の服。

お腹の部分が空いていて、おへそまわりの白い肌が見えている。

頭には金色のサークレット、耳にはエメラルドのような宝石がついたイヤリング。だが、そのような装飾品が霞んで見える程の美しい女性だった。

その絶世の美女っぷりを除くと人間にしか見えない。

だが、その内包する魔力は普通の人間とはくらべものにならないくらい莫大だ。

単純な魔力だけなら俺よりも多いだろう。

「願いはいくつ叶えてくれるんだ？」

「いくつでも。私と主従の契約を結んでくれたらこの魔力が尽きるまで」

てっきり一個か三個くらいしか叶えてくれないと思っていたが、回数無制限とは大盤振る舞い過ぎる。

逆に不気味に思えてくる。

「主従の契約というのは？　俺が主人でいいのか？」

「私の面倒を見てくれるのが主従の契約の条件よ。主に食事ね」

「食事って生贄《いけにえ》ってことじゃないよな？　願いを一個叶えるごとに千人の命を捧げよとか」

「どこの化け物ですかっ⁉　人間と同じ普通の食事ですよっ！」

アイナの口調が変わった。

もしかして、こっちが素なのだろうか⁉

しかし、益々都合がいいな。

「ていうか、どんな願いでも叶えられるのなら、自分で食事を出せばいいんじゃないか？」

「私は自分の願いを叶えることができないの。それができるのなら、とっくにこんな場所から出ているわ」

「鎖で縛られているな」

「ええ。前の主人の最後の願いで私は自分自身を鎖で縛ってるの。新しい主人が来るまでは絶対にここから逃げないようにって」

「なんでまた？」

「前の主人はこの国の王様だったのよ。私の願いの力でそれはもう栄華を極めたわ。でも、他国から侵略されたとき、敵軍を退けるための魔力は既に私にはなかったの。それで、前の主人は私をダンジョンの奥に封印した。私の魔力が戻ったとき、その力で国を再興しようとしていたみたい」

だが、そのまま数千年経過したってことは、彼女の封印された場所を知る人間は全て死んでしまったのだろう。

願いの回数に上限はないが、魔力に上限がある。

魔力を回復させるには時間がかかる。

そのあたりの注意は必要か。

「契約を結ぶにはどうしたらいいんだ？　契約書でも用意するのか？」

「いいえ、私に配下になるようお願いすれば終わりです」

それだけでいいのか。

「俺の配下になってくれ」

「はい――――」

「ではさっそく最初の願いだ」

俺はアイナの目を見て言う。

「お前が俺を騙していることがあったら教えてくれ」

「――え？」

「大きな願いを叶える前にな。これなら魔力も使わないだろ？」

会ったばかりの相手を百パーセント信用できるわけがない。

この世界に来て最初こそ行き当たりばったりの逃走劇だったが、余裕があるうちは石橋は叩いて渡りたい。

「えっと――」

アイナが困ったようにこちらを見る。

やっぱり何か嘘をついているのか？　と思ったら、アイナの姿が変わっていく。

さっきまでは妙齢の女性だったのだが、いまは中学生くらいの女の子の姿になっている。胸もすっかり萎んでいた。

「……これが本当の私の姿です」

彼女は申し訳なさそうにそう言った。

「姿を偽っていたのか？」

「前の主人が、自分の執務の補佐をするために美女の姿になれって。喋り方もそれに合わせていました」

「他に隠していることは？」

「ありません」

嘘を言っている可能性を考えたが、一応信じることにした。

俺は剣を抜き、アイナの鎖を切った。

「ありがとうございます」

彼女は手を動かして自由になったことを確かめると、俺に感謝の言葉を述べる。

「願いを叶えてもらうわけだしな。俺はどうしても故郷に帰りたいんだ。転移できないだろうか？

そのためにアイナの力を借りたい」

「故郷に転移ですね。はい、そのくらい朝飯前です！　何しろ数千年も魔力を溜め込んできましたからね」

自信満々にアイナは言った。

これでようやく家に帰れる。

この世界に召喚されて五年。

家族は元気にしているだろうか？　たぶん俺は行方不明扱いになっていることだろう。

だが、ここで手に入れた財宝を売れば莫大な富も手に入る。

そうだ、どんな願いでも叶えてくれるというのなら、五年若返らせてもらって、五年前の日本に転移することもできるだろうか？

「それで、故郷はどこですか？」

「こことは違う世界。異世界の地球って星の日本って国だ」

「ちょ、ちょっと待ってください！　異世界⁉　ニホン⁉　え？　ご主人様はこの世界の人間では

ないのですか⁉」

「ああ。俺は異世界から召喚されてこの世界に来たんだ」

「……それで不思議な力をもらったりは？」

「勇者の力を授かったな」

俺がそう言うと、アイナの顔色が変わった。

そして――

「む、無理ですよ！　上位次元に転移する力は私にはありません！」

「上位次元っ⁉」

「はい。異世界召喚っていうのは、上の次元の人をこの世界に落として行うのです。たとえば高い場所から物を落とすと力が生まれるのと同じで、上の次元の人をこの世界に落としたときもエネルギーが生まれます。それがご主人様の言う勇者の力です。といっても力を全て受け止めると脳が壊れてしまうので、実際に受け止められるエネルギーは一割程ですが」

この世界に召喚されたときにものすごく頭が痛くなったことを思い出す。

あれで一割のエネルギーだとするのなら、全てのエネルギーを受け止めていたら彼女の言う通り頭が破裂していたことだろう。

「つまり、元の世界に戻るには莫大なエネルギーがいるってことか？　アイナの数千年分の魔力じゃ足りないのか？」

「全然足りません」

そう言われ、俺はその場に頽《くずお》れた。

ようやく帰れると思ったのに。

「あ、あの、ご主人様。すみません」

アイナが謝る。

「一応聞くが、お前が俺を地球に戻すことができなくても、たとえば俺を地球に戻すことができる人間を召喚するとか、地球に戻る方法を教えてくれるとか、そういう方法はないのか？」

「……無理です。そもそも、そんな方がいるのであれば、私より上位の存在です。それこそこの世界を生み出した神のような……」

「だったら神に会わせてくれ」

「……ごめんなさい。神の存在は私には確認できません」

アイナがまた謝った。

わかっている。

これは八つ当たりだってことくらい。

「えっと、莫大な富が欲しいとか、若返りたいとか、好きな人に惚れられたいとか、そういう願いはありませんか？　私、そういうの得意ですよ！」

「金はさっき手に入れたし、いま若返っても意味がない。あと願いで他人の心を操るのはイヤだ」

「それなら、小さな国の国主になるというのはどうです？　前の主人の最初の願いはそれでしたよ！」

前の主人――アイナをここに縛った奴か。
アイナの力で王様になった男は、アイナの力が失われた時点で王様でいられなくなったのか。
しかし――
「王様になる程度か……ゲームの魔王でも世界の半分はくれるっていうのに……まぁ、そのくらいしか叶えられないのならば、元の世界に戻るのは無理ってことだな」

俺は呟くように言った。

仕方ない。帰るか。

アイナにもきついことを言ってしまった。

数千年もこんなところに閉じ込められていたんだ。

おいしい飯くらい奢ってやろう。

「アイナ、とりあえず転移で一緒に今いる街に――」

「世界の半分をご主人様の手中に収める方法が見つかりました！　早速その願いを叶えますね！」

「え⁉」


次の瞬間、俺の目の前の景色が変わった。

気付けば薄暗い廊下にいた。

松明によって淡く照らされる紅色の絨毯には金の刺繍《ししゅう》が施され、住む者の位の高さが窺える。

アルモランでは見ることがなかったガラスの窓。

その向こうには城郭都市らしき夜景が広がっている。

どこかの都市？　だが、それより夜⁉

ダンジョンに入ったのは昼前だった。それから時間が経っているとしても太陽が沈むような時間じゃない。

ということは、それだけ時差のある場所に転移したってことか？

「どういうことだ？」

この事態の元凶であるアイナに尋ねた。

「はい。ここは魔王城です！　魔王は世界の面積の三分の二を掌握する魔王国の王。その魔王を倒して王位を簒奪《さんだつ》すれば、世界の半分を手に入れたも同然です！　どうです？　役に立ちましたか⁉」

「俺は世界の半分が欲しいなんて言ってないっ！」

たとえ話で言ったのに。

しかも魔王を倒すのはセルフサービスかよ。

そりゃいつかは魔王を退治しないといけないとは思っていたが、しかしそれには手順を踏む必要がある。

「魔王を倒すには、先に四つのサブクリスタルのエネルギー供給を絶たないといけないんだよ」

「はい。その点は問題ありません」

周囲に気付かれないように声を押し殺して怒鳴りつける俺に対して、アイナが自信満々に作戦を語る。

それができるのなら、確かに魔王を倒せるか。

「で、魔王はどこにいるんだ？」

「この先の玉座の間ですね」

「玉座の間？」

物語などでは王様は玉座にいるものとされているが、実際のところ王が玉座の間にいるのは稀《まれ》だと聞いたことがある。

大事な式典や誰かと謁見をするときにだけ使う部屋のはずだ。

普段から仕事をする場所や寛ぐ場所は別の部屋のはず。

夜だったら寝所で寝ているのもわかるが。

「魔王との最終決戦の舞台が食堂や寝所というのも無粋ですから、しっかり配置しておきました」

アイナがしてやったりという顔で言う。

俺は別に様式美に拘《こだわ》るつもりはないので寝込みを襲ってもよかったのだが。

玉座の間の前には誰もいなかった。

高さ五メートルはある大きな鉄の扉は開きっぱなしになっていた。

そのまま真っすぐ歩いていくと、その奥に宙に浮かぶ巨大な六角柱のガラスのようなものが輝き、浮かんでいる。

「あれがコアクリスタルです」

アイナが言った。

凄い力を感じる。

あれが魔王の力の源なのか。

コアクリスタルの前にある玉座に座る一人の男。

青い皮膚に黒い角――魔族のその男は不機嫌そうな目で俺を睨みつけ、

「急に玉座の間に転移させられたと思えば――侵入者か」

言葉に凄い重みが伸《の》し掛かった。

あれが魔王――サタナブルスか。

「我を転移させたのは貴様らの仕業か？」

その声を聞くだけでも彼が強者であることが伝わってくる。

「はーい、私がやりました！」

とアイナは空気を読まずに声を上げた。

魔王は怒るでもなく、アイナを見て訝《いぶか》し気《げ》に見詰める。

「貴様、人間ではないな。古代の精霊――いや、魔神か」

「はい、魔神アイナです。魔王さん、あなたを倒して世界の半分を貰いに来ました」

「魔神とは戦ったことがないな。面白い、やってみろ」

魔王の重圧が跳ね上がる。

この世界に来て初めて感じる強敵の気配だ。

「私は一切戦いません。ご主人様に倒してもらわないと意味がないのです」

「その人間だと？　我の重圧に立っていられるだけでもただ者ではないが、我の敵とは思えないが――」

「そうですね、このままだとそうですが、これならどうです？」

とアイナが指をパチンと鳴らすと、コアクリスタルの光が突然失われた。

と同時に、魔王から溢れていた重圧を感じなくなる。

「貴様、一体何をした⁉」

「コアクリスタルの力を一時的に封じさせてもらいました。さぁ、ご主人様――出番です！　魔王を倒しちゃってください！」

「コアクリスタルの力を封じなくてもなんとか勝てそうだったが、これなら余裕で戦えそうだ」

俺は鞘から剣を抜く。

「バカがっ！　たとえコアクリスタルの力を封じられてもたかが人間ごときに負けはしないわっ！」

魔王はそう言って俺の次元収納のような方法で剣を亜空間から取り出す。

刀身が俺の身の丈ほどもある禍々《まがまが》しい闇のオーラを纏った黒い剣だ。

先に動いたのは魔王だった。

一瞬にして俺との距離を詰めた彼はその黒い剣を振り下ろしてくる。

俺はそれを受け止めた。

剣ではなく左手に持っていた鞘で。

「正直、警戒して損したな」

俺はポツリと呟いた。

魔王はその力で支配下の種族全てを従えたと聞いていた。

たとえコアクリスタルの力がなくても、生半可な気持ちで手を出してはいけない相手だと思っていた。

だけど――

「弱いな。もういいや」

「――っ！」

魔王が力を込めてその反動で後ろに跳び、俺と距離を取る。

俺はため息を吐き、鞘を捨てた。

舐めプでプライドをへし折るのもいいが、時間をかけ過ぎると警備に気付かれて増援を呼ばれる可能性もある。

「魔王さん魔王さん。ご主人様はもうトドメを刺すつもりのようですので、変身とかそういうのできるのなら今のうちにしておいてくださいね」

「アイナ、何言ってるんだ。変身させずに殺せるときに殺した方が楽だろ？」

「この後、この領土を統治するときに、全力の魔王を倒したという実績があった方がいいんですよ」

アイナが魔王を倒した後のことを見据えて意見を言った。

「いいだろう！　後悔しても遅いぞ。誰にも見せたことのない我の真の姿をとくと見よ」

魔王がそう言うと、その筋肉が膨れ上がり、着ていた服が破れた。

さらにだんだんと筋肉が膨れ上がっていき、背中から翼が――

「バースト」

爆発した。

俺が爆発魔法を使った。

「ご主人様、何を――」

「いや、隙だらけだったからつい」

むしろ、なんで魔王は攻撃されないと思ったのだろう？

「貴様っ！　よくも――」

「それに、魔王の変身後の姿は誰も見たことがないのだろう？　だったらこれでいいじゃないか――バースト」

再度魔王の身体が爆発した。

魔王はドラゴンのような姿になろうとしたのだろうが、人型とドラゴンの間、翼の生えた蜥蜴人族みたいな姿になってる。

魔王の真の姿を誰も見たことがないのなら、これが真の姿ってことにしておけばいい。

「待て、待つんだ！」

俺は待たなかった。

変身途中はうまく動けないのだろう。

弱ったところで、俺はトドメを刺すために近付く。

「待てと言っておるだろう！」

俺はそれを無視し、そのまま剣を振り下ろそうとするが——突如、俺の身体が炎に包まれた。

「愚か者が。無防備に近付きおって。たとえ姿を完全に変えずとも魔法の威力はもはや完全体の域にまで高まっている。我の最高の攻撃が直撃したのだ、無事では済むまい。骨も残さずに燃え尽きるがいい。しかし、こうもあっさりと決着が付くとはいささか拍子抜け。残すは——」

「拍子抜けなのはこっちの方だ。最高の攻撃がこの程度か？」

俺は炎の中を歩く。

剣を魔力でコーティングして強化していたように、身体全体を魔力で覆えばこの程度の炎、当たったとしてもどうということはない。

「馬鹿な、貴様、一体何者だ——」

「俺はこの世界に召喚された勇者だよ」

「勇者——そうか、貴様が。しかし、残念だったな。我を倒せば元の世界に戻れると言われて来たのだろうが、そんな方法は存在しない。貴様は騙されて——」

「知ってるよっ！」

俺は力を込めて剣を振り下ろした。

魔王の首が落ちる。

その目は俺を睨んでいるようだった。

「これで終わりか」

相手は魔王だから、ゾンビになって復活だとか、心臓が七個あって七回殺さないといけないとかの可能性も考えたが、そのようなことはなかった。

「ご主人様、お見事でした！」

アイナが駆け寄って来る。

「アイナもお疲れ。まぁ、世界の半分云々はさておき、魔王はいつか倒さないといけないって思ってたから、手間が省けたよ。サンキューな」

「いえいえ。では、さっそく済ませてしまいましょう」

済ますって何を⁉

と突然、部屋の中央に光の球が現れた。

その光の球には、俺たちの姿が映っている。

ただし、僅かにぼやけていて、はっきりとは見えない。

「『テステス――こちらは魔王城からの映像を魔法により流しています。たったいま、私のご主人様――勇者としてこの世界に召喚された英雄ジンが魔王サタナブルスを倒しました。この放送が行われた現時刻をもってサタナス魔王国は北西のモスコラ地方を除き、英雄ジンの国土になったとともに、世界の半分をジンのものとする世界半統一宣言をするものとします』」

と彼女の言葉が光の球からも聞こえてくると同時に、俺の後ろにあるコアクリスタルが光り輝いた。

「なにをしたんだ？　ていうか、世界半統一宣言ってなんだよ」

「ご主人様が魔王を倒したことを世界中にお伝えしました。これでご主人様はもうこの国の主です。そして、世界の半分はご主人様のものです！」

「そんなことで国の主になれるかっ⁉」

それより世界中に伝えただってっ⁉

ということは——


足音が聞こえてくる。

こちらに向かっているようだ。

警備の連中だけではない。この城にいる全員にも当然、俺が魔王を倒したことが伝わったようだ。

振り返ると、大勢の城の兵たちが完全武装でこちらに来ていた。

これはもうひと悶着ありそうだ。

いっそ、アイナの力で元のダンジョンに戻ろうか——そう思った時、やってきた兵が武器を捨て、鬼族らしい男が一歩前に出て、その場に跪《ひざまず》いた。

「魔王就任おめでとうございます——ジン陛下っ！」

彼がそうすると同時に、全ての兵が跪いた。

って、俺、魔王になったつもりはないんだけど!?

「なんなんだよ——俺が魔王って——それでいいのか」

「魔族は力こそが全てですから。どうです？　アイナはしっかりご主人様の願いを叶えましたよ」

「だから、世界の半分が欲しいって願った覚えはねぇよ……」

とはいえ、どうすればいいんだ？

魔王の位を誰かに譲る？

あの人間の王に国を譲るのは論外だ。

翌日、魔王軍の幹部が集まることになっている。

その中の誰かに王位を譲るのがいいか？

しかし、誰に？

「ご主人様、アイナは願いを叶えました。食事をお願いします」

「はいはい、干し肉でも食って黙ってろ」

と俺はアイナに干し肉を与え——そして父の言葉を思い出す。

そうか、食事だ。

魔王退治の翌日。

俺の前には、五人の幹部が集まっていた。

そのうちの一人は、昨日魔王を倒した直後に現れた鬼族の男だ。

頭に角が生えているが、それ以外は人間と変わらない、短い赤茶色の髪の男だ。

名前はイクサ。鬼族の族長の息子だと昨日教えてもらった。

「改めまして、魔王陛下。此度の魔王就任おめでとうございます」

「改めて言うが、俺は魔王になったつもりはない。というか、いいのか？　俺は人間だぞ？」

「コアクリスタルが王と認めた者が、この地の王になるのが決まりですから」

それでいいのか？

と思ったが、他の四人も頷いた。

そういうことらしい。

「ここに集まってくれた五人はこの国の重鎮ってことだろ？　イクサも改めて、左から順番に頼む、自己紹介をしてくれないか？」

「はっ。四大部族の鬼族の代表、イクサと申します」

「四大部族ってのは、鬼族、獣人族、淫魔族、ダークエルフ族のことだよな？　その代表がなんで魔王城にいるんだ？　それぞれの里でサブクリスタルを守っているんだろ？」

「代表とは体のいい人質のことよ」

そう言ったのは、やけに露出度の高い服を着ている女性だった。

頭に小さい角が、背中にも小さく黒い蝙蝠《こうもり》のような翼が生えている。

なにより大きな胸が目立つ。

「名前は？」

「私はローリエ。新しい淫魔族の代表ですわ」

「淫魔族――サキュバスか。新しいって、前の代表はどうしたんだ？」

「前の代表は前魔王の第三夫人でしたわ。陛下も前の魔王の妻が代表っていうのはイヤですわよね？　だから新しくなりましたの」

妻ねぇ。

部族の代表を妻に差し出すことが、友好の証であると同時に人質としての役割を持つということか。

これについては戦国時代の日本でもよくあることだったのでむしろ納得する。

「次は――」

ローリエの隣にいたのは、十五、六歳くらいに見える犬耳の生えた白髪の少女だ。

何故かずっと尻尾を振っている。

「獣狼族、族長の娘、シヴ」

犬耳ではなく、狼耳だったらしい。

「そうか。次は――」

とシヴの自己紹介を聞いて次にいこうとしたら、シヴの尻尾が止まった。

もっと構ってほしかったのだろうか？

ただ、何も言ってこないので次にいく。

「ダークエルフ族の代表、サエリアと申します」

褐色肌に白髪の知的美人女性がそう言って頭を下げた。

何故か、日本語に翻訳するとダークエルフだけカタカナなんだよな。黒妖精族とかでもいいと思うんだが。

「宰相のロペスと申します。以前は魔王様に代わり政務を取り仕切っておりました。これからは陛下のために尽力致します」

小柄な蛙顔――カエルのような顔ではなく、蛙人族という種族だ――の男が頭を下げた。

「よく集まってくれた。さて、早速だが――」

と俺は五人を見て宣言する。

「飯にしよう」

※　※　※

今日の会合の前に、宮廷料理人の下働きだった猫獣人のキュロスと話し合い、料理の準備を始めてもらっていた。

ちなみに、前料理長は俺が魔王に就任したと聞くや否や逃げ出した。

なんでも徹底した人間差別主義者で、王都にいる人間奴隷に対してもかなりひどい暴言を吐いていたらしい。

人間である俺が王になったことで、仕返しされるのが怖くなって弟子ともども逃げ出したらしい。

それで残ったのがキュロスただ一人だったという。

しかし、料理の基礎はできているし、なにより根性がありそうなので、料理長として就任してもらい、料理を作ってもらった。

この領地は、野菜や穀物はあまり採れず、魔物の肉がメインだって聞いた。

俺のテーブルの前には肉がメインで野菜が添えられていて、別の皿には果物がある。

アイナの食事は俺に少し劣るが似たようなもの。

さらに量が少ないのが、イクサとシヴとロペス。ただし、シヴの料理には野菜と果物がない。

サエリアのテーブルに並べられているのはサラダと果物のみ。

そして、ローリエは……ワインだけ？

食事が一切運ばれてきていない。

料理の内容はキュロスに一任していたが、どういうことだ？

「陛下。私たち淫魔族の食事は人の生気で、それ以外は嗜好品に過ぎませんわ。私はワイン以外口にしませんの」

ローリエが俺の視線に気付いて言った。

「ところで、陛下。この食事会の意味を教えていただけませんか？」

イクサが尋ねた。

「まぁ、これからのこととかいろいろと語らないといけないが、俺は君たちのことを何も知らない。

何も知らない人間に大事な仕事を任せることはできない。だから、一緒に食事をして君たちのことを知りたいと思っている」

父さんが病気で入院する前、よく言っていた。

人を視《み》るなら一緒に飯を食うのが一番だと。

「いまは長々と挨拶する気はない。みんなグラスを持ってくれ」

俺はそう言って全員にグラスを持たせる。

シヴはまだ子どもっぽいからブドウジュースで、それ以外のグラスにはワインが入っている。

「乾杯！」

『乾杯！』

俺たちはワインを飲み、食事を始める。

最初に俺が食べないと他の人も手をつけられないだろう。

ナイフとフォークで肉を切り分けて口に運ぶ。

うん、うまいな。

ロペスとイクサはナイフとフォークの使い方が上手でシヴは苦手のようだ。普段は手掴みで食べているのだろうか？　獣人にはそういう種族も多いと聞く。

「シヴ、みっともないですよ。いい加減にしなさい。魔王陛下の前で失礼です」

「ご、ごめんなさい」

「『ごめんなさい』ではなく『申し訳ありません』――です」

ロペスがシヴを窘《たしな》め、

「いいわ。私が切って差し上げますわ」

見かねた隣の席のローリエが、シヴの肉を切り分けてあげていた。

優しいお姉さんって感じがするな。

サエリアは無表情でマスカットのような果実を一粒ずつ手でつまんで口に運んでいる。

「ローリエ。確か淫魔族は手で触れたら相手から精気を吸い取れるんだろ？　一度俺から生気を吸収してみないか？」

「よろしいのですか？　普通の人間は私が少し精気を吸収すれば一週間は意識を失って寝込んでしまいます。手加減したとしてもかなりの脱力感が襲いますわよ？」

「構わない。やってくれ――」

俺がそう言うと、ローリエは立ち上がり、俺の横に来た。

俺が手を差し出すと、ローリエは強く握る。

「では、参りますわよ。辛いと思ったら言ってくださいませ」

そう言って、彼女は俺の精気を吸い始めた。

なるほど、精気を吸い取られるっていうのはこういう感覚か。

魔力を吸収する罠の部屋に入ったことがあるが、そこにいるよりも強力だな。

「もっと強めに吸ってくれて構わないぞ」

「かしこまりました………んっ」

ローリエが色っぽい声を出す。

それは一度だけではなく、

「あっ、も、もうダメ……溢れちゃう」

と彼女はそう言って、手を離し、膝から頽れて床に両手をついた。

ローリエは深呼吸をして息を整える。

「大丈夫か？」

「陛下こそ……体調に変化は？」

「少しジョギングした程度には疲れたが、もう回復したな」

「これが勇者の……私、いまので一週間は精気を吸収する必要がなくなりましたわ」

そうなのか？

淫魔族って低燃費なんだな。

俺はそう言って肉を切り分けて食べる。

「陛下、お願いがございます」

ローリエがその場に跪き、俺に言う。

「なんだ？」

「週に、いえ、月に一度で構いません。いまのように精気を吸収させていただけないでしょうか？

それならば、このローリエの忠誠、この名とともに永遠に貴方様に捧げます」

いや、永遠に捧げるって、お前は既に魔王軍の四天王の部族の代表として来てるんだろ？　逆に忠誠心なかったのか？

　と思ったら、イクサが説明してくれた。

「名を捧げるとは、陛下個人への忠誠の証になります。たとえ陛下ではなく別の者が魔王になったとしても、その忠誠を変わらず捧げる――そういう意味です」

「精気を吸っただけで？」

「我々淫魔族にとって、精気を吸収するのは何よりも重要なのです。そして、陛下の精気はそれだけ魅力がありました」

　食事だけを条件に俺の部下になったアイナといい勝負だな。

　というか、俺は新たに魔王になってくれる人材を探すためにこの食事会を開いたのに、なんで俺個人に忠誠を捧げてるんだよ。

「シヴも！　シヴもジン様に名を捧げる！」

　シヴが立ち上がって、さらに謎の宣言をした。

　いまのやり取りのどこに俺の好感度を上げる要素があった!?

「食事中にはしたないです。四天王部族の代表ともあろうものが軽々しく名を捧げるものではありません。あと、ジン様ではなく、陛下と呼びなさい。友だちではないのだから立場を弁えるのです」

　ロペスがシヴをまたも窘めるように言った。

　シヴは落ち込んで椅子に座る。その時、椅子が音を立てたので、またもロペスに怒られていた。

　ちなみに、アイナはその間にメイドに肉のおかわりを要求。

サエリアは我関せずと言った感じで果物を食べている。

なんか、精気を吸われたときより疲れた気がする。

「魔王様、俺からも質問があります」

「イクサ、質問は受け付けるが魔王って呼び方はやめないか？　俺は魔王を退治するために召喚された勇者なんだが、勇者が魔王っておかしいだろ？」

「それでしたら、国王陛下とお呼びしたらよろしいですか？」

「それもやめてほしい」

国王って呼ばれるのは、俺を召喚して奴隷にしようとしたあいつを思い出すから勘弁してほしい。

「普通にジンでいいんだが」

「そういうわけにはまいりません」

「じゃあ、なんて呼べばいいか考えてみてくれ」

俺がイクサに頼む。

イクサは少し思案し、そして言った。

「英雄王陛下とはどうでしょう？」

「それ採用で。今度から対外的には英雄王で行こう」

「よろしいのですか？」

「いい。まぁ、普段は堅苦しいのはイヤだから、身内しかいないときはジン――呼び捨てはまずいのなら、さっきシヴがそうしたようにジン様とでも呼んでくれ」

家臣が初めて出してくれた案だ。

無下にしていいものではないだろう。

新たな王が決まるまでの間のことだ。

「かしこまりました、ジン様」

「それで、質問は？」

「はい。まずはこの国の名前を考えて頂きたいと思います」

おっと、王の名前が決まったと思えば、今度は国の名前か。

「これまでは、サタナス魔王国って名前だったっけ？　さすがにそのままってのはダメか」

さすがに国の名前は他人任せはよくないか。

俺は考え、そして言う。

「ニブルヘイム……ニブルヘイム英雄国でどうだ？」

「ニブルヘイム――とても素晴らしい響きですが、どのような意味でしょうか？」

「俺が元いた世界の神話にある世界の名前だ」

確か、闇の世界だったはず。

この世界は闇の精霊を信仰しているからちょうどいいと思う。

「ニブルヘイム英雄国――」

「ニブルヘイム英雄国――」

「ニブルヘイム英雄国、素晴らしい名前です」

皆が口々に国の名前を告げ、そしてその名前を認めてくれた。

「よし、決定だな。そして、イクサ。他に聞きたいことがあるのか？」

「はい。アイナ様とジン様の関係についてお伺いをしたいのです。アイナ様はジン様の奥方でしょうか？」

イクサに言われ、俺は隣の席でパンを頬張るアイナを見る。

これが妻？

中学生くらいのロリ体形の少女が？

絶対にないいな。

「いや、俺には妻はいない。アイナには俺の補佐をしてもらうことになる。政治については俺は経験がないからな」

「陛下！　執務についてはこのロペスがおります！」

「ロペスはアイナの補佐をしてくれ」

「…………御意」

ロペスが俺の命令を、甘んじてという風に受け入れた。

「ご主人様！　私はそんなの聞いていませんよ」

「お前、以前は国王の執務の補佐とかしていたんだから専門だろ？」

まぁ、その国は滅んじゃったわけだが。

「確かにそうですが……わかりました。ご主人様の願いとあらば、願いの魔神アイナ、精一杯頑張ります。魔力を使えばそのくらい朝飯前――」

「魔力は使うなよ」

「なっ、そんな、酷いです」

アイナがこの世の終わりのような顔をした。

彼女の願いの力は強大だ。

細かいことに彼女の魔力を消費するのはよくない。

それに、魔力に頼り過ぎた結果、その魔力が尽きたとき何もできなくなったら困る。

「ジン様、シヴも質問あります！」

「ああ、この際だ。質問あるなら言ってくれ」

「陛下はシヴと、ローリエと、サエリア！　誰を一番の妻にする――ですか？　シヴは何番目でもいいです！　でも一番がいいです！」

俺は大きくため息を吐いて、暫くは誰とも結婚する気がないことを伝えた。

第二話　さっさと国王やめたいよ

王の仕事は基本、王の間と呼ばれる部屋での執務と挨拶らしい。ドラマとかで見る会社の社長室のような部屋だ。

さっきから魔族の貴族やいろんな種族の代表が挨拶に来て、言葉を交わす。

中には俺に自分の娘を宛がって繋がりを持とうとする者や、逆に露骨に俺を下に見る人間排他主義の者もいて正直面倒だった。

俺のことが嫌いならわざわざ挨拶になんて来なければいいのにと思うが、貴族社会も面倒なしがらみがあるのだろう。

そして、一番面倒だったのが――

「勇者様！　魔王討伐、英雄王就任おめでとうございます！」

「ああ、うん。君は？」

「私は南のガレーシャの都市長をしております、クメル・トラマンと申します」

ガレーシャは、この領地において、人間の自治が認められた唯一の都市だ。

当然、その都市長のクメルも人間だった。

「陛下！　このクメル、陛下の改革にどこまでも付き合う所存です。どうぞ、ご命令を――」

「では、都市長を頑張って続けてくれ。税金は人間ではなく作物を頼む」

「陛下！　今こそ人間族蜂起の時！　是非、王都の魔族共を追い払い、人間族のための都市に作り替えてください」

「俺の話、聞いてた？　そういうのはいいから、都市経営に専念してくれ。俺は特に人間優遇とかするつもりはない。人間差別もしないから、奴隷制度は廃止するけどな」

「そんな！　陛下は人間族！　だったら同じ人間族である我々を優遇してくださるのが道理です！」

「は？　その同じ人間族を売り物にしていたのはお前だろ？」

ガレーシャがこれまで自治が認められていた理由は、年間五百人の奴隷を税の一部として納めていたからだ。

女性に多くの子どもを産ませ、三人目以降の子どもの半数以上は十歳になったら奴隷として教育が始まり、十二歳になったら税として納められる。

「別にそれが間違ってるとは言わねぇよ。そうすることでしか生き残れなかったんだろ。でも、同じ人間族を売って生きていたお前が、同じ人間族だから優遇しろって言うのは間違いだ。わかったら帰れ」

「し、しかし」

「次は言わないぞ。帰れ」

俺はそう言って、クメルを帰らせた。

まったく。

「よろしいのですか、陛下」

傍に仕えていたイクサが尋ねる。

「何がだ？」

「陛下は人間族です。人間族が同じ人間族を優遇したとしても、誰も文句は言えません。現に、前魔王は同じ竜人族を優遇していました」

「俺は人間族といっても異世界人だから、厳密に言えばこの世界の人間族とは違う。一番嫌いな奴《豚国王》も人間族だし、友人は他種族の方が多いからな」

「そういうものですか」

「イクサが王になったら、やっぱり鬼族を優先するのか？」

「そうなりますね。俺がここにいるのも、半分は鬼族のためですし。まぁ、残り半分は人質という役目なんですけどね。頭首の嫡子ですし」

「人質とか嫁候補とかそういうのは要らないんだけどな――って言ったらイクサは部族の下に帰るか？」

「どうでしょうね。たぶん帰らないと思います。ここで働く部下にも鬼族は多いですし、次期頭首を目指すならここで働くのが一番ですから」

とイクサはどこか自嘲するように言った。

なんでも、イクサと一緒に働く鬼族の大半は鬼族の幹部たちの子どもらしい。

彼らのリーダーとして魔王城で働き、その幹部の子どもたちと鬼族の領地に戻れば世代交代が成され、新たな頭領となるのが通例らしい。

ちなみに、イクサが頭領になり、新たな子供ができるまでの間は、先代の頭領と幹部たちがこぞって人質――及び城の兵となるらしい。だいたい二十年交代で一周期が四十年。

イクサはこの城に派遣されてから一年しか経っていないらしく、あと十九年はこの地に残るらしい。

「たった一年で近衛兵長って、随分と信頼されてるんだな」

「いえ、信用はされておりません。魔王様はコアクリスタルがある限り敵となるものがおりませんでしたから、護衛は必要なかったのです。我々を傍に置くことで鬼族への人質として確かなものとし、各地のサブクリスタルを守らせていただけで、本当の意味で傍で護衛はできませんでした」

「そうだったのか。だから、魔王がいなくなっても、お前たちは気付けなかったんだな」

もしも気配を読める人間が魔王の寝室の隣にいて、魔王がいなくなったことに気付いて多くの兵が謁見の間に駆け付けていたら俺もちょっとは苦労したかもしれないな。

「そういえば、他のみんなは何してるんだ？　アイナとロペスには、この領地の経営状況などをわかりやすくまとめてもらっているから、いないのはわかっているが」

「ローリエはメイドの教育の見直しを。前魔王と陛下とでは対応も異なりますから。サエリアは魔術塔で魔術の訓練と研究をしていると思います。彼女は魔法師団の団長ですので。シヴは今朝から出かけていますす」

「ふぅん」

まぁ、仕事を割り振っているわけではないし、自由に動いてもらって全然構わないんだが――代表であることを理由に仕事をサボるようなら、こちらにも考えがある。

今のところ、皆の自主性に任せてはいるが、しかし膿《うみ》は早いうちに出した方がいいからな。

次期王を決めるまでの間とはいえ、仕事はしっかりとしておかないと。

たとえ良い王を選んでも、朱に交われば赤くなると言うし、環境が整っていなければ新たな王が毒される可能性がある。

「さて、これはどうするか」

大量の賄賂――もとい贈答品を見る。

こっちから何も要求していないのに、貴族や商人たちが大量に持ってきた。

目録に纏めさせるのも大変だったそれらを一度次元収納に入れる。

こんなのいちいち覚えていられない。

「とりあえず、魔王様の私財用倉庫に入れておけばよろしいのでは？」

「いや、王の俺に渡されたもんだし、国庫に入れておくよ」

今日の面会は終わりなので、ひとまず仕事に慣れるためにも、城内を歩いていると――

「ジンさまぁぁぁぁぁっ！」

と大きな声とともに巨大イノシシが――いや、巨大イノシシを背負ったシヴが走ってきた。

「シヴ、それはどうした？」

「獲《と》った！　じゃなくて、獲りました！　ジン様、昨日ボア肉美味しいって言ってたから獲ってきた！　じゃなくて獲ってきました！」

「あぁ……そうか」

シヴが頭を差し出してくる。

これは、褒めてって言っているのだろうか？

「うん、よく頑張ったな」

「頑張った！　じゃなくて頑張りました！　明日も獲ってきます！」

「いや、明日は必要ない。それより――」

歩兵の訓練の指揮を――と言おうとした。

獣人には歩兵が多く、その訓練を任せようと思っていたのだが、いまのシヴにそれが務まるか？

「あぁ……明日は俺と一緒に歩兵団の訓練の見学に行こう」

「行く！　ジン様と一緒！」

シヴが尻尾を思いっきり振って言う。

なんでそんなに嬉しそうなのかはわからないが、やる気だけは伝わってくる。

「よし、じゃあそのボアは調理場……に持っていったら迷惑かな？」

「キュロス一人だとこのサイズの解体は手に余るでしょう。馬を世話してるカジラならボアの解体も得意なはずです」

「そうか。じゃあ、シヴはこの肉をカジラのところに持っていくんだ」

「はい！」

シヴはそう言って、トテトテトテ――とイノシシを持って走って行く。

「随分とお優しいですね」

「わかりやすい奴は嫌いじゃない。裏で何かこそこそとしている奴よりはよっぽどいいよ」

それに、昔、ちょっとだけ世話をしていた飼い犬のチビを思い出す。

犬と一緒にしたら、いくらなんでも彼女に失礼か。

「そうですね。獣人――特に獣狼族の忠誠心は確かなものです。それに、彼女は仮とはいえその名を捧げていますから、裏切ることはまずないでしょう」

「なんでそこまで慕われているのかわからないんだよな」

獣人族は多くの人間の国で迫害対象とされている。

だから、人間を恨んでいる獣人も少なくない。

「その点、イクサは別の意味でシヴよりわかりやすいよな」

「そうでしょうか？」

「ああ。ずっと、俺のことを見定めようとしてるだろ？」

と俺はイクサの目を見て続ける。

「俺を殺せるか、殺せないか」

「………………」

「それで、殺せそうか？」

「いいえ、無理ですね。コアクリスタルの力はジン様を守護しています。俺の剣ではその守護を突破することはできません」

「まるでコアクリスタルがなければ倒せるみたいな言い方……いや、違うか」

俺の言葉に、イクサは何も言わない。

彼が俺のところに来たときは既に魔王は死んでいて、コアクリスタルの力は俺のものになっていたため、コアクリスタルに守られていない俺の強さを知らない。

知らないことには肯定も否定もできない。

シヴとは別の意味で素直だな。


宰相用の執務室に来た。

扉を開けると、アイナが目を回して書類の処理をしていた。

「……ご主人様、アイナはもうダメです。どうか、願いの撤回を」

「ほら、これをやるから頑張れ」

俺は次元収納からとっておきを出してやる。

「なんですか、この黒いのは」

「頑張って再現した俺の世界の甘い菓子だ」

「甘い菓子ですかっ⁉」

この世界に来て、時間がある時は日本の食べ物を再現しようと頑張ってみた。

嬉しいことに、アルモランは多民族国家だけあって、いろいろな食材が揃っている。他国からの輸入も盛んで、金さえ積めば多くの種類の食材が手に入った。

米を見つけたときは本当に嬉しかったな。

その米にも種類があって、もち米があったときはさらに嬉しかった。

それを使って再現したのが、この粒あんのおはぎだ。

本当はきな粉のおはぎも用意したかったのだが、そちらはまだ試作をしている最中だ。

大豆は既に手に入れたので、いつか作りたいと思う。

「甘い！　おいしい！」

アイナはおはぎを食べて喜ぶ。

手とほっぺに餡子《あんこ》がついている。

「ほら、熱いお茶。ゆっくり食べろ。おかわりはないからな」

「はい、ご主人様と契約してよかった！」

とアイナはご機嫌そうに言う。

それはよかった。

室内を見回す。椅子は一つだけで、アイナが使っているものだけだ。

大きさ的に、普段はロペスが使っていたのだろう。

魔王は執務を全てロペスに任せていたようだな。

部屋はしっかり掃除が行き届いているが、暖炉の中だけは少し汚れている。

「アイナ、お前暖炉を使ったか？」

「いいえ、使っていませんよ」

まぁ、暖炉がなくても昼間は暖かいもんな。

「アイナ殿。ロペス宰相はどちらへ？」

「お客さんが来てどこかに行ったよ」

イクサの問いに、アイナは指についた餡子を舐めながら答えた。

それは俺にとって都合がいい。

「で、アイナ。書類を見る限りでは、ニブルヘイム英雄国の財政状況はどうだ？」

「はい。素晴らしいです。このまま行ったらこの国は千年安泰。さすが世界の半分の領地を持つ国ですね」

アイナが書類を見て言う。

イクサは何も言わない。

「では、実際はどうなんだ？」

「全然ダメダメ」

「そんなに酷いのか？」

「破綻しています。この国はもう終わっている」

アイナははっきりとそう言った。

この国の情勢が悪いことはわかっていた。

酷いことはわかっていたが、それほどか。

「まず、税金。作物の五割は厳し過ぎます」

アイナが言う。

「人間の国でも作物の五割は普通だろ？　酷い場所だと六割税金の街もあったぞ」

確かに現代日本人の感覚だと多すぎる気がするが、江戸時代だって、六公四民――六割を税金として持っていかれることもあったという。

「魔族の領地は痩せた土地が多いの。同じ作業をしても、人間の土地の半分も作物が採れない。それなのに半分も税で持っていかれたら、食べるものがほとんどなくなっちゃう。かろうじて魔物を狩ってその肉で食いつないでいるけれど……」

不毛の大地だ。

獲物が簡単に獲れるような土地ではない。

資料を見る限り、肉を獲ったらそれに応じて税も増えているのだから猶更えげつない。

「こんな財政状況で、本当によくこれまで滅ばなかったな」

「うん、地方の領主の力みたいですね」

「へぇ、優秀な領主が多いのか？」

「領民が死なない程度のギリギリのところを見極めて税金を取り立てて、上には誤魔化して報告しているんです。といっても、本来上に納めるべき税をかなり自分の懐に入れているので、国にとってはいい領主とは言えません」

この国は広すぎるんだよ。何しろ世界の半分だ。

地球でいったら、ロシアと中国とインドを含めてユーラシア大陸の全てが一つの国みたいなものだ。

だから、地方まで監視の目が届かない。いや、わざと届かせない。

恐らく、ある程度は見逃していたのだろう。

「これなら、最初から税を引き下げてしっかり納めてもらった方が良さそうだな。あとは肉も税として納められるようにしたい」

「肉はすぐに腐りますから、地方から王都に運ぶのは無理があるのでは？」

「塩漬け肉にしたら日持ちするだろ」

「塩は貴重ですから」

ニブルへイム英雄国の国土には海岸もある。

魔王城から半日ほど行った先にも海はあるのだが、海岸が切り立った崖というのがほとんど。数少ない海岸に降りやすい土地には港町や漁村などがあるため、塩田を作る土地がないそうだ。

そのため、この国の塩は遥か南の塩湖で採掘した岩塩により賄われているが、輸送費のせいで、塩の値段はバカ高くなっているらしい。

それが国民の生活をさらに苦しめている。

「よし、塩を作るか。ちょうど経験がある」

「作れるのですか？」

イクサが尋ねる。

「この辺りは雨が少ないからな。塩田を作るには適しているんだよ。海水を引き込めない問題さえクリアしたら、塩田も作れる」

「それが一番簡単なんだよ。早速試しに行こう」

「それが一番の問題なのでは？」

魔法師団も使おう。

どのような力を使えるか試してみたい。

「私も――」

「アイナは書類仕事な――」

「そんな……」

「ただし、今日は少しだけ魔力を使ってもいい。調べて欲しいことがある」

俺はアイナにそう言った。

魔法師団というからどのような団体かと思ったら、いろいろな種族の魔法を使える者が三十人くらい集まっていた。

ちなみに、魔法師団の前師団長は魔王の第二夫人であり、ダークエルフ族の前代表だったらしく、サエリアはその時は副師団長を務めていた。ダークエルフ族はサエリアの他にも数人交じっている。

そして、その前師団長は既にダークエルフ族の里に帰ったらしい。

優秀な人材なら前魔王夫人であってもそのままいてほしかったのだが。

「陛下、魔術師団三十二名、集合しました」

サエリアが言う。

既に何を作るのかは伝えているからか、少し不満そうな顔をしている者もいる。

「集まってくれてありがとう。ああ、これから塩作りのための塩田の基礎作りを行う。魔法師団という魔法のエリート集団である君たちが土木工事の真似事を行うのは不満かもしれないが、これはニブルヘイム英雄国の将来を左右するかもしれない重要な工事だ。力を貸してほしい」

俺がそう言うと、不満そうにしていた者たちも納得してくれた。

ところで――

「ローリエとシヴは何しに来たんだ？」

「陛下の初仕事ですもの。この目で見ておきたかったのです。しっかりメイドへの教育は済ませてきましたわ」

「シヴもジン様の仕事見たい……です！」

全員集まっているとアイナが不貞腐《ふてくさ》れないか心配だ。

仕事をとっとと済ませて戻ってやらないとな。

「ではこれから基礎を作る」

俺はそう言うと、地面に手の平をかざす。

そして、魔法を発動させた。

地面をひっくり返し、上空に飛ばす。

本来は土砂を相手に落として呑み込む危険な魔法だ。

そして、飛んだ土は俺の方に落ちてくる。

「ジン様っ！」

「大丈夫だ」

手を天に翳す。

落ちてくる土を次元収納に入れた。

直接地面の土を収納することはできず、掘り返す必要はあるが、このくらいの量なら次元収納に余裕で入る。

うーん、だが、思ったより掘れていないな。

これだと十メートルの子供用プールだ。

「よし、次はコアクリスタルの力を使ってやってみるか」

「…………っ⁉　陛下、いまのはコアクリスタルの力を使っていなかったのですか？」

「ああ。勇者の力だけだな」

俺がそう言うと、魔法師団が茫然とこちらを見る。

このくらいなら魔王だってできたと思う……いや、あの炎の威力を考えたら難しいか？

「陛下。土砂はあちらに飛ばしてください」

イクサが言う。

「邪魔にならないか？　一度地面に落ちると収納できないんだが」

「陛下に万が一のことがあったら困ります」

「わかったよ。じゃあ、みんな危ないからあっちには行くなよ」

俺はそう言う。

皆が「行くわけないだろ」って顔をしている気がするが、早速やってみるか。

力を込める。

さっきよりも大量の土が吹き飛んだ。

うん、明らかに威力が上がっているな。

さっきが十メートル程度の子ども用プールだとすれば、今度は五十メートルの競技用プールができた感じだ。

「お見事ですわ」

「ジン様、凄い！」

ローリエとシヴが俺を称える。

本当はもっと浅い方がいいんだが、浅い方が威力の調整が難しいんだよな。

「ここの海水を流し込む。周辺の土地に塩害が出たら困るからな。皆は魔法で周囲の土を完全に固めて欲しい。土魔法で可能か？」

『はっ、お任せください！』

何故かさっきまで乗り気ではなかった魔法師団が全員やる気になって作業を開始した。

そして、太陽が沈みかけた頃には海水を貯める塩田が完成した。

「よし、あとは海水を入れるだけだな」

「明日の予定をキャンセルして、海洋都市ブロークンへの視察を――」

「いや、その必要はない」

俺がそう言うと、何もない場所から水道の蛇口を捻ったかのように海水が流れていく。

「これは水魔法ですか？」

「いいや、次元収納だ。前に海の底に沈んだ神殿の調査をすることがあってな。神殿の周囲を魔法で作った壁で覆って、中の海水を全部収納したんだ。それがそのままになってたから、ここで使わせてもらった。これが全部蒸発したらかなりの塩ができるんじゃないか？」

「そうですね……これが全て海水だとすると……全て蒸発すれば八十トン以上の塩になるのではないでしょうか？」

「ただ、蒸発するのに時間がかかりそうだな。とりあず、火魔法少しぶち込んでおくか」

俺は魔法で火球を作って塩田の中にぶち込んだ。

表面の水が一気に蒸発し、あたりを靄が包みこむ。

「うん、じゃあもう一度――」

「お待ちください。あとは我々魔法師団が、火魔法と風魔法の訓練として行い、ジン様の満足のいく結果に繋げてみせます」

サエリアが言った。

他の魔法師団の連中も同じ意見のようだ。

ならば任せるとしよう。

「海水はこの規模だとまだあと千回は排水できるからな。明日以降も塩田の数を増やしていこう」

俺がそう言うと、魔法師団の皆の顔が固まった気がした。

これで塩を作れるようになったとはいえ、国の財政が危ないのは変わりがない。

人間国と同等に農作物を育てられる環境作りは必要か。

三圃制《さんぽせい》とか、ノーフォーク農法とかそういうのを高校でしっかり勉強しておけばよかったと思う。

そして、腐敗しきった徴税制度も改革しないといけないか。

こんなの、元高校生、そしてただの冒険者だった俺には厳しいぞ。

本来、王っていうのは宰相にそういう政治を任せればいいのだけれど――

「国内腐敗の一番の原因が、あのロペスだろうからなぁ」


俺が魔王に就任して一ヵ月が過ぎた。

最近は面会の人数もだいぶ減り、俺の仕事も減ったように思える。

「陛下。お目覚めのお時間です」

モーニングコールとして専属メイドのモニカがカーテンを開けながら俺にそう言った。

モニカは城でも数少ない人間族の女性で、同じ人間族の俺に相応《ふさわ》しいメイドとして宛がわれた。

ちなみに、夜の仕事はメイドの仕事には含まれていない。正妻も世継ぎもいない状態でメイドが身籠ってしまったら大変だからだそうだ。

その代わりに縁談の絵姿が何通も届いている。

蜥蜴人族や蛙人族の女性の絵姿が届いたときは何の冗談かと思ったよ。

俺は頭を掻いて起き上がる。

彼女が入ってくる前――正しくは部屋の前に立ったときから気配に気付いて起きていたので、俺は誰かに起こされるのには向いていないなって思うよ。

モニカが持ってきたお湯で顔を洗い、着替えを手伝ってもらう。

一人で着替えた方が早い気がするが、王というのはこういうものかもしれない。

トイレまでついてこられるのは勘弁してもらった。


部屋を出て、食堂に向かう。

朝食は自由参加と伝えていた。

既にシヴとイクサがいつもの席で待っていた。

ローリエとサエリアはいない。

淫魔族は朝が苦手で、彼女が活動をするのは昼から夜中までだ。それに、淫魔族は食事の必要もないからな。

ダークエルフ族は自然の中で食事を摂るのが基本で、普段は庭園で食事をしている。

「……おはようございます、ご主人様」

アイナが遅れてやってきた。

寝ぐせにあくびとだらしない恰好だが、昨日はぐっすり寝ることができたということだろう。

「よぉ、アイナ。お疲れ様。仕事が終わったようだな」

「はい、終わりました。これ、資料です」

「ありがとう。じゃあ、朝飯にするか」

モニカに指示を出し、全員で食事をする。

シヴは朝から大きな肉のステーキ。ボア肉だろうか？

イクサは意外にもパンとスープとサラダというシンプルな食事だった。鬼族と言ったら人の肉を食べるって話もあったが、所詮は噂か。

そして、アイナは蜂蜜たっぷりのハニートーストが半斤。

俺はイクサと同じでパンとスープとサラダで済ませる。

「ジン様、ご飯少ない！　シヴのお肉半分食べます？」

とシヴが肉の塊をフォークに突き刺して俺に差し出してくる。

肉汁が垂れて、テーブルクロスに茶色い染みを作った。

「い、いや、朝はこれでいいよ。うん、昼に食べようかな？」

「わかった！」

シヴが頷いて肉の塊を食べる。

元気だ。

俺はパンを食べて、アイナが作った資料を見る。

うん、なかなかよくできている。

食事を終えたイクサに資料を渡す。

「イクサ、読んでみろ」

イクサはそれを見て、眉間にしわを寄せる。

「これは――」

「なに？　シヴも見たい！」

シヴがイクサの後ろに回って覗き込むと、彼女も眉間にしわを寄せたが、きっと彼女の場合、イクサと違って内容を理解できなかったからだろう。

「イクサ、頼みがあるんだが――」

俺はイクサに伝える。


昼食後、集まったのは城に勤める人間の約四割。

そして、部屋の奥には金銀煌《きら》びやかな財宝の山が置かれている。

アイナが封印されていたダンジョンの中で見つけたものだ。

魔道具の類は一切ない。

アイナが王様の願いによって生み出した財宝らしく、歴史的価値云々《うんぬん》は考えなくてもいいため、換金するしか価値はない。

部屋に入った皆は最初はその財宝を見て圧倒されている。

「さて、よく集まってくれた。時間がないから始めるぞ。名前を呼ばれた奴は俺の前に出てくれ。キュロス」

「はいっ！」

キュロスが俺の前に出て跪く。

何を言われるのかわかっていないので、彼は震えていた。

「いつも美味な食事を作ってくれて感謝している。魔王時代からの未払いの給金を纏めて支払う。これを――」

「え？　は……ありがたき幸せです」

俺は純金の短剣をキュロスに渡した。

魔王軍時代の給金はかなり大雑把で、下働きや見習い兵士たちの給料は支払われていなかった。

それがこの国の通例になっていたので、本来なら払う必要はないのだが、これから雇う人材には最初から給金を支払うつもりだ。

その時、今働いている者が「自分たちが新人の頃はその日の食事と寝床を貰えるだけで満足していたのに、こいつらは最初から給金を貰えるんだ？」と恨みを持っては困る。

それだけじゃなく、人間族が新王になったことで、城内では不安の声が密かに上がっていた。こうして金をばら撒くことで、俺の下で働くことも悪くないと思ってもらう算段だ。

飴と鞭の飴だな。

国庫を使おうと思ったが、そっちは別の使い道が決まってるから、仕方なく私財を使った。元々あぶく銭だし、このくらいはいいだろう。

「次はカジラ」

名前を呼ぶと、ホブゴブリンの男が前に出た。

「はっ、しかし陛下。私はしっかり給金を頂いております」

「わかっている。だが、お前は病気になって働けない軍馬に私財を投じて世話をしていただろう？本来、それは国費で行うべき事業だ」

騎士たちにとって軍馬とは相棒も同じ。

病気になったからといって、安易に殺処分していいものではない。

だが、前魔王はそれを断行しようとした。

働けない馬は要らない。さらには、働けないなら馬肉にして売ってしまえと言っていた。病気の馬を食肉にするとか何考えているんだと言いたい。

なんとか、それは免れたが、それでも病気の馬のための予算が出ず、カジラが一人で世話をしていたらしい。

「いままでご苦労だったな」

「はっ、ありがたき幸せ」

カジラがそう言って金の塊を受け取る。

さて、次は——

「ロペス」

「はっ！」

宰相のロペスが前に出る。

「ジン様、私もカジラと同じです。給金は十分に頂いておりました」

「ああ、だが、ロペスには個別に言いたいことがあった。ロペスは前魔王時代から、十三年間宰相を務めてくれていたな」

「勿体なきお言葉」

ロペスが深く頭を下げる。

「その十三年間で、公費の使い込み、魔王城の調度品の無断売却、役人との癒着、貴族からも賄賂を貰って自分たちに有利な法律を制定」

「なっ」

「あとは魔王軍に配属予定の戦闘奴隷を一部自室に連れ込んでストレス解消のサンドバッグ代わりにしていたみたいだな——人間族をひいきするつもりはないが、さすがにこれはどうかと思うぞ？」

「ジン様！　それは何かの誤解です！　いったいどこにそのような証拠がっ⁉」

「証拠ならここにあるぞ」

俺はそう言ってさっきアイナから貰った書類をロペスの前に置いた。

ロペスはそれを見て顔を青ざめさせる。

「な、何故これが——」

「暖炉で燃やしたはずの書類がなんであるのかって言いたいのか?。燃やしたから満足してそのまましたのがいけなかったな。アイナに願って書類を復元してもらったんだ。まぁ、前魔王の時のことだし、咎めるつもりはなかったが、俺が英雄王に就任してからも命令に背いて奴隷の解放をしなかったし、なんならさらに奴隷を増やしていたよな? クメルから受け取っていたんだろ?」

最初の面会の日に、ガレーシャの都市長のクメルが訪れた。他は王都にいる貴族だったのに、なぜクメルだけ初日の面会を許されたのかというと、ロペスが賄賂として奴隷を受け取っていたからだ。

人間族の解放とか言っていながら、賄賂として同じ人間を奴隷として引き渡すとは。

クメルと組まなかったのは正解だ。

「ロペス、お前の宰相の任を解く。クビだ」

「ジン様、お待ちください」

「『陛下』と呼べ。お前はもう家臣ではない。立場を弁えろ。あと、お前が罪を犯した証拠は――」

俺は部屋の入り口を見る。

扉が開かれ、イクサが入ってきた。

その横には奴隷の女性が三人立っている。

「お待たせしました、陛下。仰ったとおり、ロペス宰相の邸宅の地下に捕らえられていました。それと、アイナ殿が不正の証拠も山のように見つけました」

「奴隷は十人以上いたはずだが――」

「申し訳ありません。間に合いませんでした」

死んでいたか。

「貴様っ！　ワタシの家に入ったのかっ⁉　無断でっ⁉」

「俺が許可を出した。本来なら殺された人たちの恨みをここで晴らしてやりたいところだが、お前は国の法によって裁かれる。誰か、ロペスを牢に連れていけ。絶対に逃がすなよ」

「はっ！」

近衛兵がロペスの腕を掴み、牢へと連れて行く。

「離せ！　離せ！　誰がこの国を支えてきたと思っているんだっ⁉」

と抵抗していたが、鍛えている近衛兵の腕力に文官が敵うはずもなく連れて行かれる。

信賞必罰は人心掌握の基本だが、これで終わりだな。

いや、まだ一つ残っていたか。

「イクサ、よく頑張ってくれたな。お前にも褒美をやらないといけない」

「いえ、全てはジン様の手柄です。私はただ言われたままに動いただけで」

「いいじゃないか。褒美として、コアクリスタル抜きで俺と戦う権利をやる。一対一、己の力と力で模擬戦をしようじゃないか」

俺はそう言って、次元収納から一本の剣を取り出し、イクサに渡した。

俺は魔法師団のいる塩田にアイナとシヴを連れて行った。

この二人と移動していると、子連れのパパみたいな感じになるな。

とはいえ、俺はまだ二十三歳。

二人の見た目は中学生くらいなので、見た目だけなら少し年の離れた兄妹という感じかもしれない。

「はい、食べます！　美味しい……あ、シヴ、私の方がお姉さんなのだから、ご主人様にそうしているみたいに私にも敬語を使ってください」

「アイナ、干し肉食べる？」

「アイナ何歳？」

「一万年は生きています！」

「凄い！　アイナお婆ちゃん！」

「お婆ちゃんはやめてください。永命種にとって年齢は考慮しないものなのです」

「わかった。年齢をコーリョしない。だったら、お姉さんじゃない」

「え？　あれ？　そうなんでしょうか」

アイナがシヴに丸め込まれていた。

仲がいいな。

塩田の数は現在四艘に増えていた。

火魔法が得意なグループと風魔法が得意なグループ、土魔法が得意なグループに分かれ、海水がいっぱいあるときは火魔法を使って海水温を上げて蒸発させて塩分濃度を上げ、ある程度煮詰まったら、風魔法を使って蒸発を促し、最後に残った塩を乾燥させる。

土魔法が得意なグループはゴーレムを作って操り、塩を採取している。

幸い、三属性全てに適性のない魔術師はうちの魔法師団にはいないため、誰かがどこかに所属している。

塩を買いに来た行商人からは、「贅沢な魔法の使い方」と絶賛なのか皮肉なのかよくわからない評価を受けている。

「ジン様、お疲れ様です」

サエリアが出迎えてくれた。

「好調のようだな」

「はい。塩田、釣り堀、ともに好調です」

「待て、塩田はわかるが釣り堀ってなんだ?」

「あちらです」

サエリアが見た方向には、王都に住む魔族たちがいて釣りをしていた。

貸し竿に餌の販売もしている。

「魔王様が流した海水の中に魚が交じっていたので、どうせならばと中にいる魚を網で引き上げ、一艘に纏めて釣り堀として王都に住む住民の娯楽として提供しています」

娯楽のために一艘利用したいって要望があって二つ返事で許可をした覚えがあるな。

てっきりプールか何かの代わりに使うかと思っていたのだが、釣り堀にするためだったのか。

次元収納は無生物だけでなく、魔力をほとんど持たない魚や虫などが入ってしまうことがあるから、海を収納するときに紛れ込んだのだろう。

最近の食卓によく海の魚が並ぶことがあるなって思っていたが、もしかしたらここの魚が使われていたのかもしれない。

「しかし、なんか申し訳ないな。魔法師団といったら国の中でもエリート集団なのに」

「いえ、陛下の魔法を見て、魔法師団一同、目標となるものを見つけたと誠心誠意努力しています。どうせ魔法を使うのなら、このように国力増強の礎《いしずえ》に使っていただいた方がよろしいかと」

「そうなのか?」

「我々王都魔法師団は初めて他の者が使う魔法を見たのだと思います」

「魔王軍ってしょっちゅう人間の国に戦争を仕掛けていたよな?　魔法師団は戦争には行かなかったのか?」

「行きましたが、基本、遠方から儀式魔法を一発放って、それで終わりです」

あぁ、そういえばこの国の戦争ってそんな感じだったな。

とにかく、魔法の使い手が貴重で、どの国も魔術師の損耗を避ける。

なので、開戦直後に一発、どでかいのを敵軍のど真ん中にぶち込んだあとは、後方待機。

魔法使いが死ぬときは国が終わるときとまで言われている。

「儀式魔法では、個人の魔力がどのくらいかわからないのです。たとえ戦争で相手の魔法の方が強力であっても、それは相手の魔術師の数が多いからであって、自分たちが劣っているという考えには至りません。我々は身内同士で魔力を高め合うしかなかったのです。しかし、先日のジン様の圧倒的な魔法を見て、考えを改めました。遥か高みを見た以上、それを目指すのは当然のことです——もっとも、高すぎて挫折しそうですが」

冗談なのか本気なのか、サエリアは淡々と語った。

先代の魔王は魔法を使うところを見せなかったのだろうか？

いや、これまでのこの国での話を聞いていると、魔王が人前で戦ったり魔法を使ったりはほとんどしなかったのだろう。

「ところで、イクサ殿はまだ訓練場ですか？」

「自分を高めているよ。あれから三日、ずっとだ」

ロペスを更迭して牢屋送りにした後、イクサに模擬戦を申し込んだ。

俺はてっきりそのまま試合になるのかと思ったが、イクサが試合までの猶予とその間の休暇を申請してきた。

俺との戦いに自分の全力を出すため、己を高めたいとのことらしい。

「凄いやる気だな」

「イクサは前魔王とは戦えませんでしたから、その分もあるのだと思います」

サエリアが言った。

シヴが続ける。

「ん。鬼族も獣人族も、自分を負かした相手に仕える。それが本望です。でも、魔王は家臣とは戦わなかった——です」

「模擬戦もしてくれなかったのか？　そのくらいしてくれたらいいのに」

魔王はそれほど強くなかったけど、コアクリスタルの力を使えばイクサ相手にも一方的に勝てただろうに。

「聞いた話によりますと、先代の魔王は勇者との戦いに備え、ずっと力を蓄えるため、無駄な力の消費を控えていたそうです」

「魔王は勇者の存在を知っていたのか？」

確かに魔王は死ぬ間際、俺のことを勇者と言った。

その時から少し疑問だった。

勇者の存在は実は公にされていない。

レスハイム王国が勇者召喚を行った結果、その勇者に逃げられたということは恥だと思っていたようだ。

だから、俺のことも公開手配してまで探そうとしなかった。

「はい。五年前、草により勇者が召喚されたこと、その勇者が城を逃げ出したことは共に知らされていました。その時のジン様の行動力、そして逃走時に見せた身体能力、ともに脅威になると報告されました」

「優秀な間諜がいるんだな。人間国の情報も知りたいし、一度会ってみたいもんだ」

「もういません。前魔王により殺されました」

「は？　なんで？」

むしろ勲章ものだろ。

勇者が召喚されたことが知らされたから、魔王はその対処ができたのに。

「勇者の暗殺に失敗したからです。彼女は勇者が召喚された後、その勇者に近付き、隙を見て勇者を毒殺することが義務付けられていました」

「ああ、俺が逃げたから失敗だったと。だけど、逃げなくても一緒だったぞ。俺には毒は効果がないからな」

「そのようですね。元敵地で毒見役を付けずに、警戒もせず食事をするジン様を見て確信しました」

毒見役については俺が断った。

現料理長のキュロスのことは信用できると直感したが、料理を運ぶ人間も毒を入れることができるからな。

ちなみに、アイナも毒は効かないらしい。

前の主人に仕えていたときは面白半分に毒キノコを食べさせられていたとか笑って語っていた。

でもちゃんと調理した毒キノコは美味しかったらしく、また食べたいと要望してきた。

ただ、毎回アイナが毒キノコを美味しそうに食べるものだから、それを毒キノコだと聞かされていなかった料理を運ぶメイドがつまみ食いをしてしまい、生死の境をさまよったという話を聞いたので、その要望には応えてやらなかったが。

「そうか、だからイクサは魔王と模擬戦すらできず、魔王の下についてからずっともやもやした気持ちのまま働いていたのか……」

と俺はシヴを見る。

「シヴも俺と戦いたいのか？」

「模擬戦ならしたいです！　でも、本気で戦うのはイヤ！　模擬戦より一緒に狩りに行きたい！」

シヴが尻尾を振って言う。

本当になんでこんなに懐かれているのかわからない。

一目惚れって感じでもなさそうだし。

「なら狩りに行くか？」

「ん、行く」

よし、じゃあ行くか。

幸い、今日の執務は特に無いから時間もあるだろう。

「アイナ、後は任せた。緊急事態が起きたらどうにかして俺に知らせてくれ」

「はい、ご主人様の願い。願いの魔神アイナが叶えます！」

「ただし、魔力は極力使わない方向で」

「はい……え？　魔力を使わないでどうやって——ご主人様っ⁉」

俺とシヴは二人で王都の城下町に繰り出した。

ただ、国王が町に出ているとバレたら騒ぎになるので、軽い変装をしている。

髪の色を変える髪飾りの魔道具を使い俺の髪の色が白に、シヴの髪の色が黒に。

そして、認識誘導の腕輪をつけて俺の顔を意識させにくくする。

顔を見ても、どこにでもある顔だって意識させるわけだ。

これで俺がこの国の王とバレる確率は低い。

「ジン様――」

「待て、ここでは俺のことはジンではなく、ジーノって呼んでくれ。シヴのことは……そうだなシルヴィって呼ぶから。じゃないと変装している意味がない」

「ジーノ様……シルヴィ……ん、わかりました。ジーノ様、どこに狩りに行く？」

シヴ――シルヴィもわかってくれたようだ。

「それじゃ、冒険者ギルドに行くぞ」

「冒険者ギルドで狩りをするです？」

「いや、どうせなら人の役に立つ狩りをしようと思ってな。討伐依頼とかあればそれを受けようと思うんだ。シルヴィは冒険者ギルドに行ったことはあるか？」

「ない！」

「だったら行こう」

場所は既に地図で把握済み。

だいたい冒険者ギルドなんてどの国もやってることは同じだし、大丈夫だろう。

冒険者とは、魔物を倒したり商人の護衛をしたりし、戦いを生業《なりわい》とするフリーランスの人間のことを指す。

そして、その冒険者が仕事を求めて訪れるのが冒険者ギルドだ。

冒険者ギルドは、どの国にもある。もちろん、同じ組織というわけではない。

レスハイム王国にはレスハイム王国の、アルモランにはアルモランの冒険者ギルドがあるように、この国にも独自の冒険者ギルドがある。

大通りから一本脇に逸れた道に、二階建ての大きな建物があった。

中に入ると、喧噪で賑わっている。

人間も多い。

恐らく、戦闘用に連れてこられた奴隷たちだろう。

国が保有していた奴隷は犯罪奴隷以外、希望する奴隷はその身分から解放された。

さらに犯罪奴隷と借金奴隷以外の奴隷の売買も禁止されたが、個人が所有する奴隷の解放についてはまだ手が回っていないのが実情だ。

そして、解放された奴隷も直ぐに仕事が見つかるはずもなく、こうして冒険者として働いているようだ。

受付をしていたのは淫魔族の女性だった。

「ようこそ、冒険者ギルドへ」

「冒険者登録をしたい。二人分頼む」

俺は大銅貨を四枚置いて申請をする。

ちなみに、大銅貨は一枚でだいたい千円くらい。銀貨が一万円、金貨が十万円くらいの価値がある。

全ての貨幣にはこの地方で信仰されている闇の精霊の肖像画が描かれている。美しい女性の姿で描かれていて、俺が王になったとき、新貨幣を発行するかと聞かれたが、このままにしてもらっている。

精霊を信仰することは悪くないと思う。

この世界には精霊が実在し、超常現象を引き起こすこともできる。

それらの力を使えば地球に戻れるかもしれない。

特に闇の精霊は空間を操ると言われているので、俺が一番接触したい存在だ。

ただ、大精霊レベルの精霊でないと意思疎通ができないので会うのは難しいかもしれない。

貨幣をそのままにしているのも、精霊の気分を害さないためのものだ。

気休め程度の話ではあるのだけれど。

「冒険者登録ですね。登録料は確かに承りました。こちらに記入をお願いします」

「シルヴィ、ちゃんと書けるか？　ここにシルヴィって書くんだぞ」

「ん、シルヴィ、書ける」

シヴが間違って本名を書いてしまわないように注意を促すと、シヴはしっかり偽名を記入した。

俺もジーノと名前を記入する。

冒険者ギルドの偽名での登録は違反ではない。

元々、訳ありの者が多いからな。

「ジーノ様にシルヴィ様ですね。登録完了しました」

俺たちが書いた書類の上に一枚のカードを載せると、自動的に紙に書かれた情報がカードに複写され、冒険者登録が完了する。

この冒険者の情報をカードに登録する魔道具って、とっても便利でしかもどの国にもあるんだよな。これを使ったら印刷技術とか発達しそうなんだが、何故か冒険者カードを作るためにしか使われていない。

謎だ。

「じゃあ、早速依頼を受けたいんだが、近場で強い魔物っているか?」

「近場の魔物と言うと、西の谷のワイバーンでしょうか?」

西の谷か。

この辺りの地理はだいたい理解している。

俺とシヴの足だと走れば夜までには行って帰れる。

「依頼内容はワイバーンの討伐か?　それとも素材の持ち帰りか?」

「素材の持ち帰りです。一匹分で金貨五枚の支払いになります。ただし、討伐報酬も兼ねていますので、他の場所で狩ったワイバーンでは認められません」

「討伐依頼も兼ねているのなら安くないか?　(俺の場合は次元収納があるが) 運ぶのも結構手間だぞ」

「申し訳ありません。依頼主が国なので」

あぁ、国家事業か。

だったら安いのは仕方ない。

ロペスが宰相だった時代に出した――さらにいうなら俺が英雄王になる前に出した依頼だと思うが、悪いのはここまで目を通していない俺だ。

文句を言えない。

「谷にはどのくらいのワイバーンがいるんだ？」

「目撃情報だと七十匹ほどでしょうか？」

「じゃあ、ある程度間引きは必要だな。受けるよ」

「本当に大丈夫ですか？　相手はワイバーンですよ？」

「何度か狩ったことがあるので大丈夫だ。シルヴィもいいな？」

「はい、楽しみです」

俺はそう言って、依頼を受ける手続きをした。

すると、

「おい、あんた。ワイバーン討伐依頼を受けてたよな？　どうだ？　俺たちと組まないか？」

そう言って俺に声を掛けてきたのは、人間族のマッチョのおっさん。

聞き耳を立てているのは気付いたが、声を掛けてくるとはな。

「必要ない。俺たち二人で十分だ」

「そう言うなよ。あんたもこれまでは奴隷として惨めな生活をしてきた口だろ？　だったらここは協力しあおうぜ」

「断る。人間族だから協力するとか、そういうのはうんざりなんだよ」

「なんだそれ？　いいか、この国の王は人間の勇者なんだぞ！　これから人間が優遇される社会になるんだ！　頭のいい人間は人間族のコミュニティに入るべきだろ。その方が幸せに決まってる！」

そう言ってマッチョのおっさんが手を伸ばしてくるが、

「お前、黙れ！　勝手なことを言うな！　ジーノ様の邪魔をするな！」

シヴが牙を剥き、おっさんを牽制する。

マッチョのおっさんは一瞬たじろぐが、しかしまた威勢よく言う。

「なんだ、この獣人風情がっ！」

そう言っておっさんはシヴに殴りかかろうとしてくるが、俺は軽く男の腕を捻った。

「ギャアァァァァァァァアアァァァっ⁉」

マッチョのおっさんが悲鳴を上げると、男の仲間らしき冒険者がかけよってくるが、俺はマッチョのおっさんを前に出し、

「ただの正当防衛だ。安心しろ、軽く関節を外しただけだ」

そう言って男たちの方へ蹴飛ばす。

「迷惑をかけたな。これで治療してやってくれ」

と俺は銀貨を一枚置いて、冒険者ギルドを後にした。

王都を出て西の谷に向かう。

駿馬の数倍速いが、シヴも息を切らすことなくついてきているものの、元気がない。

「シヴ、どうした?」

「ジン様……ジン様はやっぱり人間と一緒にいた方がいいの? さっきはシヴのこと庇ってくれたけど、人間といた方が幸せなの?」

なんだ、シヴの奴、そんなことを気にしていたのか。

「シヴ、お前に聞きたい。俺が王様を辞めたらお前はどうする?」

「ジン様、王様辞めるのっ⁉」

「例えばの話だ。どうする?」

「だったら、シヴもジン様と一緒についていく。──です!」

即答だな。

まぁ、シヴならそう言うんじゃないかって思ってた。

アイナも一緒についてくるだろうな。

そういう契約らしいし。

ローリエは名前を捧げてくれたが正直わからん。

「シヴがそう言ってくれるなら、人間といるよりお前といた方がいいよ。人間族だからいいとか、獣狼族がダメだとかそういうのはない」

「本当です？」

「ああ、本当だ。ていうか、ずっと思ってたんだが、シヴと一緒にいたら昔飼ってた犬を思い出してなんか楽しいし」

「シヴは狼。犬じゃないです！」

「悪い悪い。本当は言うつもりじゃなかったんだが、でも、なんでか言いたくなったんだ」

「ムゥ……どんな犬だったですか？」

「チビって名前の白くてもふもふでめっちゃ可愛い犬でな。この世界に来てからろくなことがなかったが、あいつと一緒にいる時間が幸せだったよ」

ある日突然いなくなって。随分探したんだけどどこに行ったんだか。まぁ、元気な奴だったから、どっかでうまいことやってると思うが。

「────っ!?」

とつい昔語りをしていると、シヴが嬉しいのか怒っているのかよくわからない表情をしている。

「ん？　どうした？」

「なんでもないっ！　です！」

「そうか？　ならいいんだが」

やっぱり犬扱いされたことを怒っているのだろうか？

あとで、ワイバーンの肉を食わせて機嫌をとってやろう。

岩山を登り、西の谷の上に到着した。

谷底を見下ろすと、多くのワイバーンが上昇気流に乗って旋回している。

谷の底は川になっているらしいが、川魚としては滅多に見ない大きな魚影も見える。

「あれ、サハギン」

シヴが言う。

サハギンは足の生えた魚という変な進化を遂げた生物。知能は低く、魔族ではなく魔物の類だ。

ワイバーンがここに生息している理由は上昇気流とサハギンという餌が豊富なことが原因だ。

ワイバーンを全滅させてしまうとサハギンが増えすぎてしまうので、狩りは間引く程度にしておかないといけないな。

ワイバーン狩りの基本は弓矢や魔法で攻撃をして翼を傷つけて落とし、やっつけるのがいいとされる。

逆に言えば、遠距離攻撃の手段がなければ倒すこともできないのだが――

「シヴ、お前ならどうやって倒す？」

「倒していいです？」

「できるならやってみろ」

「いくです！」

シヴがそう言うと、大きく跳躍し、谷に落ちた。

だが、心配はしていない。

彼女が真っすぐ落ちた先にはワイバーンがいた。

ワイバーンはシヴを見て避けようとするが——

『GAOOOOOOっ！』

シヴの雄叫びがワイバーンを一瞬硬直させる。

その隙にシヴはワイバーンの上に着地を成功させた。

そして、次の瞬間、その爪が何倍にも伸び、ワイバーンの首を掻き切った。

「獣変化《じゅうへんげ》か」

獣人の中には、その身体全体、もしくはその一部を変化させることができる者がいるという。

若いとはいえ代表に選ばれるだけのことはあり、しっかり獣変化を使いこなしているな。

ワイバーンの首を掻き切ったシヴはその背中を蹴り、崖へと跳び移ると、落ちた時と同じ速度で上がってきた。

「ジン様、倒した！」

「よくやったな。よし、次は二人で行くか。落下しながら一度に何匹倒せるか勝負だ」

「うんっ！」

魔法で射落とす方が楽なのだが、今日はシヴと狩りを楽しみに来た。

だったら、彼女のやり方に倣ってみよう。

紐なしバンジージャンプをするかのごとく谷の上から落下した。

ワイバーンはさっきのように躱そうとするが、俺は剣を抜き、そして振るった。衝撃波が生み出され、ワイバーンの首と胴体が分かれる。

その血が舞い上がる中、俺はワイバーンの胴体に追いつき、次のワイバーンの方に跳び移ろうとするが、横から別のワイバーンが大口を開けて俺に噛みつこうとしてきた。

俺は身体を反転させ、ワイバーンの鼻に剣を当ててその頭上に跳び移り、剣を突き刺す。

致死性のダメージを与えたのだが、最後の悪あがきに暴れたワイバーンが俺を吹っ飛ばす。

吹き飛ばされる途中にシヴと空中ですれ違った。

シヴは俺がダメージを与えたワイバーンにトドメを刺していた。

そして俺は吹き飛ばされた方向にいる小さなワイバーンの背に跳び移ると、首を思いっきり蹴り、無理やり降下させる。

そして地面に着地したワイバーンの首を斬り落とした。

と同時にシヴも降りてきた。

地面に落ちているのは最初にシヴが倒したワイバーンを含めて六匹か。

つまり、三匹倒した俺の勝ち――

「シヴの勝ち！　です！」

「待て、シヴが倒した三匹目は俺が既に致死性のダメージを与えていた。だから俺の勝ちだ！」

「トドメを刺したのはシヴです！　シヴの勝ちです！」

そこは譲らないか。

くそっ、ルールを決めていなかった俺が悪いのか？

「だったら、引き分けでどうだ？　あの一匹は二人で倒したってことにしよう」

「二人で！　うん、引き分けでいいです！」

「よし、じゃあ落ちてるワイバーンを回収するか」

次元収納にワイバーンを収納していく。

「ご主人様、もう一回！」

「いや、無理だろ。ワイバーン逃げたし」

空を見上げると、さっきまでいっぱいいたワイバーンが一匹も見当たらない。

シヴが残念そうに空を見上げ、今度は川にいるサハギンたちを見る。

サハギンたちも川の浅瀬に立ち、俺たちの様子を見ていた。

「じゃあ、サハギン狩りする？」

彼女がそう言って爪を伸ばした瞬間、サハギンが川に飛び込み、全力で逃げ出した。

シヴは追いかけようとするが――

「サハギンは狩りしない。また今度一緒に狩りに来るから、今日はおしまい」

と俺はその襟首を掴んでシヴを止めた。

「また今度、ワイバーン狩り一緒に行ってくれる？　です？」

「ワイバーンばっかり狩ってたら生態バランスが崩れるから、今度は別の魔物な」

「楽しみです！」

せっかく冒険者登録もしたんだし、たまにはこうして息抜きするのもいいだろう。

俺も戦闘勘を失わなくて済む。

「はい、依頼のワイバーン六匹だ」

俺が四匹、シヴが二匹のワイバーンを持って冒険者ギルドに現れたらちょっとした騒ぎになった。まぁ、でかいもんな。

「ジ……ジーノ様、もう戻られたのですか⁉　出てから三時間も経っていませんが、本当に依頼を受けてから狩ってきたものですか？」

「今日狩ってきたのは鮮度を見てくれ。解体したら胃の内容物にサハギンのいる個体もあるはずだから、その消化具合でわかると思う。買い取りを頼む」

「は……はぁ。しかし、困りましたね。ワイバーン狩猟の目的の半分は食肉用ですのに、一度に六頭も……販売しきれるでしょうか？　安く売れば赤字になりかねないですし――」

それは俺に話すことではないと思うが。

「王都は食糧不足なのか？」

「王都にはまだかろうじて食糧がありますが、周辺の村では例年冬に餓死者が出ることもあります。そのため、王都で独自に食糧を供給できれば、その分保存の可能な食糧を残しておくことができますので、冬の食糧不足解消に繋がるんです」

なるほど、そういうことか。

だったら――

「肉を冬まで保存したらいいんじゃないか？」

「肉はすぐに腐ります。氷魔法で冷凍できればいいのですが、氷魔法の使い手は少ないですから」

俺は氷魔法も使うことができるんだが、これを言ったら英雄王から氷室の管理人に転職させられかねない。

「それなら塩漬けにしたらどうだ？」

「塩はとても貴重で、塩漬けに加工するほどの量はありません」

「聞いた噂によると、いま、城の方で安価な塩の精製をしているらしい。ほら、王都の外に巨大な水槽があるだろ？」

「あれって、塩の精製のためだったんですかっ⁉　てっきり魔法師団の研究設備かと思ってましたっ！　安価な塩――それが本当ならワイバーン肉の保存もできますね。さっそくギルドマスターと相談してみます。あ、こちらはワイバーン六匹分の買い取り額になります」

塩を作っていること、みんな気付いてなかったんだな。

しかし食糧不足か。

王都の周辺の村でそこまで深刻な食糧不足になるっていうのなら、さらに離れた地方の村々はどうなんだ？

食糧不足――これについてもしっかり考えないといけないな。

って、なに王様みたいなこと考えてるんだ。

俺はある程度、国を豊かにしたらこの国を別の者に譲ってさっさと王を引退すると決めている。

その相手はもう決まっている。

イクサだ。

あいつはたぶん前魔王より強い。

そして、責任感もあり、人間に対する差別もしない。

執務経験はないが、なに、一年くらいは俺とアイナも近くでサポートしてやればいい。

その間に優秀な、そしてロペスと違って不正をしない宰相を見つけて、彼につければいいだろう。

イクサとの決闘で、あいつの力を見極めて、そしてその力を認め、王の座を譲る宣言をする。


あぶく銭をシヴと折半して、二人で串焼肉の店で買い食いを満喫したあと、髪の色を戻して認識誘導の腕輪を外し、城の裏口から城内に戻った。

エントランスに、イクサ、ローリエ、サエリア、アイナの四人が揃って話していた。

「ご主人様！」

最初に俺に気付いたのはアイナだった。

「アイナ、どうしたんだ？　何かあったのか？」

「何かあった——というより、何か起こる——って言った方がいいですわね」

何か起こる？

何が起こるんだ？

「レスハイム王国からの使者が訪れると連絡が入りました」

イクサが言う。

「レスハイム王国か……同盟や友好のため——ってわけじゃないよな」

かつて俺を奴隷のように扱おうとした王がそんなことを言ってくるとは思えない。

嫌な予感がする。

第三話　傲慢な使者なんて碌なもんじゃねぇ

イクサとの模擬戦はお預けとなり、レスハイム王国の使者を出迎えるための準備を行った。

一番緊張しているのは料理長のキュロスだ。

キュロスは普段は魔族用の料理しか作っていない。人間の王族用の料理を作ったことがない。

「陛下……宮廷料理ってどんな料理かわかりますか？」

いつもはピンと伸びている自慢の猫髭が垂れている。

余程参っているのだろう。

と言っても、俺も宮廷料理は食べたことがない。

ただ、貴族の料理なら食べたことがある。

「正直、貴族の料理はうまいもんじゃないんだよな。あいつら、肉にも魚にもこれでもかっていうくらいハーブやスパイスを使うのが美味しい料理だって思ってるんだよ」

高価なスパイスを大量に使うことで、自分たちはこれだけ凄いんだぞ！　というステータスにしている。

料理は権威ではなく味だというのに。

「じゃあ、自分たちも大量のスパイスを使いますか？」

「いや、いつも通り作ってくれ。俺がそんな飯食いたくない」

「わかりました……陛下。大丈夫……なんですよね？」

「大丈夫とは？」

「戦争になったりしないですよね？」

「相手の出方次第だな」

俺はキュロスにそう言ったが、既に悪い情報がいくつか入っている。

レスハイム王国及びその同盟国から多くの兵がこの国との国境沿いに集まってきているらしい。

周辺諸国には、共同軍事訓練だと伝えているが、集まっている物資の量を考えるとそのまま戦争を仕掛けることができる。

レスハイム王国の使者が何の目的で訪れるかはわからないが、交渉如何《いかん》では宣戦布告されてもおかしくない。

そして、ニブルヘイム英雄国の軍備は決して優れてはいない。

俺が王になったことで、軍の編成が大きく変わったからな。

何人かの将軍や幹部クラスの兵が、魔王の息子が領地を支配するモスコラ地方――今はモスコラ魔王国と改名した――に亡命をしたためだ。

ちなみに、モスコラ魔王国が俺の領土ではない理由が、モスコラ地方は既に魔王からその息子に領地を割譲ではなく譲渡されていたことと、そしてモスコラ地方を加えたらニブルヘイム英雄国の国土が世界の半分を超えてしまうからだ。

なんでも、モスコラ地方を除いたニブルヘイム英雄国の国土がちょうど世界の半分なのだとか。

まぁ、反英雄王派閥の受け皿になってくれたため、国内に反乱分子の大多数を抱え込まなくて済んだのはよかったとも言える。


先触れの連絡が入ってから一週間後。

レスハイム王国からの使者とその一行がニブルヘイム英雄国王都を訪れた。

謁見の間で彼を出迎える。

傍にはサエリアとイクサを控えさせた。

その使者の姿には見覚えがあった。

俺が召喚されたとき、国王の傍にいた男の一人に似ている気がする。

そして、それは間違いではなかった。

その男は立ったまま俺に言う。

「お久しぶりです。勇者ジン殿。レスハイム王国の宰相の一人、サイショ・ムノダメと申します」

レスハイム王国はニブルヘイム英雄国程ではないが、広大な領土を持つため、四人の宰相がいると聞いたことがある。

そのうちの一人がこの男か。

だが、このサイショという男、舐めているのか？

訪れた国の王を前にして使者が跪かないとは。

「久しぶりだな、レスハイム王国宰相。勝手に故郷から拉致された挙句、騙されて隷属の腕輪を嵌められそうになった時以来か」

　俺は皮肉を込めて言った。

「勇者ジン殿は誤解しておられる。確かにあれは隷属の腕輪でしたが、それは勇者であるジン殿の人となりがわからなかったからです。もしも残忍な人間であったことが判明した場合、その勇者を止めるための道具が必要だったのです。あなたが正しい心を持ち、我々のために力をお貸しいただけるのであれば、隷属の腕輪の力を使うつもりはありませんでした」

「それじゃあ、魔王を倒したら元の世界に戻れるって言ったのはどうなんだ？　魔王を倒しても元の世界に戻れないじゃないか」

「それも誤解です。魔王を倒したあなたを元の世界に戻す方法はあります。ジン殿を召喚した我々には転移魔法のノウハウがあるのですが、ジン殿を元の世界に戻すには莫大な力が必要です。それを補うのがコアクリスタルなのですよ」

「なるほど。つまり、コアクリスタルの力があれば俺を元の世界に戻せると？」

「はい。そのために、まずはコアクリスタルの権利を我々に譲渡していただく必要が――」

「嘘だな」

　俺はキッパリと言い放つ。

「嘘ではございません」

「よく顔色一つ変えずに言えるな。だが、鎌をかけているのではなく俺は俺なりに地球に戻る方法について調べた。結果、コアクリスタルの力如きでは元の世界に戻れないことは知っている」

コアクリスタルが膨大な力を持っている。この力を使って日本に戻れないかとアイナには既に尋ねていた。

答えは不可能。

全然力が足りないらしい。

「悪いが、貴様らにこの国をくれてやるつもりはない」

「後悔致しますよ」

「お前にこの国を譲渡した方が後悔するよ。話はこれで終わりだ。食事を用意している。どうか召し上がっていってほしい」

「結構です。早急に今回の件を陛下にお伝えしないといけませんので」

そう言ってサイショは部下とともに去っていく。

残った俺は、傍に控えていた家臣に言う。

「イクサ、サエリア。戦争の準備をしておけ。国境沿いに戦える人を集めておけ」

「かしこまりました」

「やはり戦争ですか？」

サエリアが尋ねる。

「相手が攻めてくるとしたら、国内がゴタゴタしている今しかないだろう。あの使者も最初から交渉だけで国を手に入れられるとは思っていない。あくまで開戦前のパフォーマンスだろう。自分たちは勇者と融和を望んだが、無下にされた。勇者は魔族と手を結び我々の敵になったと――まぁ、事実だから否定はしねぇよ。俺は最初からあの国の敵だからな」

俺は不敵な笑みを浮かべて言った。

いざとなったらアイナの願いの力を使って相手を退けることができる。

とはいえ、それに頼り切っていたら彼女の魔力が尽きたとき何もできなくなる。彼女が以前仕えていた古代の王国がそのせいで滅んだように。

だから、これから起こる戦は極力、アイナの力を使わずに勝つ。

それも、完勝という形で。

尚、キュロスが使者にと用意した昼餐の料理は俺と家臣《スタッフ》が美味しく食べた。

「だから、私の力を使えば、敵軍を一網打尽にできますよ！」

「一網打尽にしたところで第二、第三の敵が来るから。お前の魔力が尽きるのが先か、敵軍が尽きるのが先かのチキチキチキンレースをするつもりはねぇよ。俺は切り札は最後まで取っておくタイプなんだ」

口の端に餡子をつけておはぎを食べるアイナが俺に提案をしてくるが、断って俺は書物を見ていた。

この城の書庫には一般人が簡単に読むことのできない魔導書が数多く置かれていたので、一冊借りてきて、執務室で読んでいる。

その中で俺が着目しているのが転移魔法だ。

魔力の消費が激しいので物資や兵の輸送には使えないが、俺個人が戦場に即座に移動する時に使える。

「サエリア、転移魔法を使えるか？」

「私には無理ですね。転移魔法の使い手は王国内にはいないはずです」

「私は使えます！」

アイナが腰に手を当てて言う。

知ってるよ。

俺をこの城に転移した元凶がお前なんだからな。

とはいえ、アイナがドヤ顔をするくらい、彼女の転移魔法が凄いのは事実だ。

普通の転移魔法は行ったことのある場所、もしくは視界の範囲内にしか転移できないのが定石。

しかも距離に応じて魔力の消費が大きくなる。

しかも、俺が王になって初めて知ったのだが、この城の周囲には防御結界が張られていて、普通であれば城内への直接転移はできないはずなのだ。

それなのに、アイナはいとも簡単に初めて行く城内に転移してのけた。

「転移魔法は有用だ。アイナ以外で使い手が欲しい」

「いまから開戦までに人材を探すのは難しいでしょう」

「私の力で見つけましょうか⁉　ご主人様の願いならば――」

「いや、俺が覚える。幸い、魔導書もあるしな」

「ジン様！　それは無茶です。魔導書というのは――」

「ああ、わかっている。魔導書があっても魔法の修得は容易ではない」

魔導書に書かれている大半は、その魔法を使って何ができるかということであり、実際に使うには魔力の流れが必要なのだが、その魔力の流れっていうのはどうも言語化が難しく、感性により書かれてしまう。それはかなり曖昧な表現になる。

それでもヒントにはなる。

「勇者には全属性の魔法が使える適性がある。俺なら使えるだろ」

昨日、城を訪れた使者のサイショがヘルハイム王国の王城に戻るまで最低二週間はかかる。敵が宣戦布告してくるとしたらそこからどんなに早くても一週間後。

最低三週間は時間がある。

三週間の間に転移魔法を覚えてみせる。


「いや、無理だ！　なんだこれ！　『びゅん』とか『ばっ』とか表現が抽象的過ぎる。もっとわかりやすい指南書はないのかよ」

転移魔法の特訓を初めて一週間。

理論の部分は少しは理解できたのだが、重要な魔力の流れが理解できない。

いや、なんとなく難しいんじゃないかって思っていたさ。

この世界に召喚されてから、元の世界に戻る鍵は転移魔法にあると思って、自分でも一応独自の研究はしてきた。

　転移魔法に関する魔導書は手に入らなかったが、口伝でもいいと魔法について詳しい相手から話を聞いて回った。

　それでも覚えられなかった。

　魔導書があるからといって覚えられるものではない。

「ジン様、大丈夫？　ワイバーンの塩漬け肉食べる？」

「ありがとう、シヴはいい子だな。でも塩漬け肉はいらない」

　冒険者ギルドが売り出したワイバーンの塩漬け肉はあまり美味しくないし、喉が渇くし、顎が疲れる。

　でも、保存食としては最適で、お湯で戻せば塩肉スープになると、行商人や冒険者を中心にかなりの量が売れているそうだ。

「ジン様、何してるの？」

「転移魔法の修得だよ」

「てんいまほー？」

「ああ。それを使えば行ったことのある場所に一瞬で移動できるんだ。シヴと一緒に行ったワイバーンの谷だってあっという間に」

「凄い！　シヴも覚えたい！　です！」

「シヴは魔法の適性がないから無理かな」

俺は苦笑する。獣人は類稀《たぐいまれ》なる身体能力を持つ代わりに魔法の適性のない種族が多い。シヴもその例に漏れず、魔法は使えない。

「どうやったら使えるの？」

「下から『びゅん』と行って『ばっ』として『ばん』の『にゅん』で『とろん』だ」

自分で言っていて意味がわからない。

なんでこんなのが書かれているんだ？

これなら何も見ないでも同じだと思う。

「やってみる！」

シヴはそう言うと、低い姿勢から一気に駆けた。

凄い動きなのは認めるが、もはや魔法とか一切関係ない、ただの曲芸になって……いや、待て？

いまの動き。

「そうか……『びゅん』と行って『ばっ』ていうのは、鋭く貫く流れを作ったあとその流れを逆方向に流すことで魔力の流れを一度堰き止める……シヴ！　もう一度今の動きをしてくれ！」

「わかった！」

シヴの動きを見る。

魔力の流れと照らし合わせる。

わかった――この魔導書の転移魔法の使い手の感性は、シヴにとっても似ているんだ。

彼女の動きをよく見る。

魔力の流れ、そして転移魔法の理論。

繋がる。

頭の中で一つになる。

俺は落ちていた石を拾う。

そして、いま組み上げたばかりの転移魔法を使う。

すると、持っていた石が一メートル先に一瞬で移動し、地面に落ちた。

「ジン様！　魔法できた⁉」

「一応できたが、狙った場所から少しズレた」

ズレた先が空中だったらいいが、これが地面の中や壁の中に転移したら大変なことになる。

自分で転移するには修練が足りないな。


ニブルヘイム英雄国の領土は世界の半分という広大な面積であるが、しかしその国境と接する国の数は決して多くない。

まずはトーブル公国。トーブル公国はレスハイム王国の属国だ。

その南にあるのが、現在、俺たちと戦争間近のレスハイム王国。

そこから南西にあるのがモスコラ地方――現在は魔王の息子が治め、名前を変えてモスコラ魔王国。

さらに南東に俺が長年暮らしていた多民族国家アルモラン王国。

アルモラン王国の西には大砂漠と呼ばれる広大な砂漠が広がっている。

そして、トーブル公国の西には幅が数百メートルはある大河が流れていて、そこは半翼種族が狩場にしている。半翼種族はどこの国にも属さず川の中州に集落を作って生活している独立民族であり、その歌声には船を沈める力がある。そのため、ニブルヘイム英雄国からもトーブル公国からも船を出すのは非常に困難。

モスコラ魔王国の西はダークエルフが治める領地が広がっていて、現在そこからの伝令は届いていない。まぁ、あっちはあっちで魔王の就任や移民の受け入れのため、てんやわんやで今すぐ戦争どころじゃないのだろう。

つまり、いま相手にしないといけないのはレスハイム王国のみ。

中でも一番重要なのが、ガーラク砦だ。

ニブルヘイム英雄国にとって守備の要となる拠点であるが、それと同時にここを奪われたら一気に前線を後退せざるを得なくなる。

ニブルヘイム英雄国は多くの戦力をガーラク砦に集中させていた。

「城内も随分と静かになったな」

「祖父から何度も聞かされましたが、戦いの前はいつもこんな感じだそうです」

「嵐の前の静けさってことか」

地図を見ながら、俺はイクサに声をかけた。

サエリア率いる魔法師団の七割、シヴが鍛えていた歩兵団の八割が出陣しているし、よく王都に謁見に来ていた貴族たちも貴族の義務を守るため、自領に戻り、兵を率いてガーラク砦に向かっている。

唯一全部隊が残っているのはイクサ率いる近衛兵たちか。

「ただ、妙なんだよな。なんでレスハイム王国は仕掛けてこないのか」

ガーラク砦の東にある、レスハイム王国のイッチ砦、バンニ砦、サードン砦にはそれぞれ多くの兵が集まっているという偵察の報告を受けている。

それもかなり前に。

既に使者が訪れて五週間が経過した。

当初予想した三週間より二週間も過ぎている。

そのお陰で、ニブルヘイム英雄国はガーラク砦に部隊を集める時間を稼ぐことができたのだが、それは逆にいえばレスハイム王国にとっては攻め時を逃したとも言える。

「何かを待っているということでしょうか？」

「そうだな。例えば、内通者がいて、手薄になったこの城を攻めてくるとか？」

「その可能性は薄いかと。この城はコアクリスタルの力が最も集まる場所。ジン様一人の力だけでも数百万の兵の力に相当します。敵もそれを理解し、攻めるとしたらサブクリスタルのある我ら四種族の里を狙うはず」

「だよな……ということは何かを待っているのか？」

一体何を？

と考えていたら、シヴが部屋に入ってきた。

「ジン様！　アーマーベア狩りしてきていいですか？」

「いまは緊急事態だ。アーマーベア狩りは冒険者に任せておけ」

「冒険者ほとんどいないです！　戦争に行ってます」

「戦争に？　そうか、そういう職業だったな」

冒険者っていうのは、だいたいは傭兵の副職みたいなもんだ。

戦争がないときに稼げないから、冒険者になって盗賊や魔物を退治して金を稼ぐ。

でも、戦争が起これば、国や貴族に雇われて戦いに赴く。

王都でも冒険者不足になるのは仕方ないか。

「それで、アーマーベアはどこに出るんだ？」

「北の森の五番樹の近く！」

「農村に近いな……農民に影響が出るのも時間の問題か」

残ってる兵の派遣――いや、アーマーベア一匹だけならシヴ一人で行った方がすぐに終わるか。

「仕方ない、行ってきていいぞ。ただし、三時間で戻ってこい」

「うぅ、三時間難しいです」

シヴが自信なさそうに言う。

「討伐依頼だからアーマーベアは冒険者ギルドに運ばなくてもいい。近くの農村に運んで食ってもらえ」

「でも、五番樹まではここから走っても二時間はかかるです」

「行きは俺が送ってやる。それなら可能だな？」

「可能です！　頑張るです！」

「武器は持ってるな？」

「持ってるです！」

「よし、行ってこい」

俺はシヴの頭に手を当て、魔法を唱えた。

シヴの身体が一瞬で消える。

「転移魔法――見事なお手前です」

「ああ。ようやく狙った場所に飛ばせるようになった。開戦が遅れたお陰だよ」

既にガーラク砦にも転移できるようにしている。

一度、空高く転移し、そこから見下ろす形で離れた大地に再度転移することで遠い場所にも転移できるし、一度転移してしまえば次は直接転移できる。

何かが起これば即座に俺も移動できるわけだ。

何も起こらないのが一番なんだが。

「ジン様、少しよろしいでしょうか？」

シヴが狩りに出かけてそろそろ戻ってくるかというときだった。

「ローリエか。どうした？」

「歓楽街にいる淫魔族から妙な噂を聞きましたので、お話を」

「噂？」

淫魔族の中には体を売って働く女性も少なくない。彼女たちは快楽を相手に与えることができる種族だからだ。

そして、そういう店には様々な情報が入ってくる。

ただの噂のような情報でもバカにできない。

「どういう話だ？」

「ひと月以上前、クメル・トラマンとサイショ・ムノダメが密会していたらしいです」

「あいつらが？　ていうか、クメルの奴、まだ王都にいたのかよ」

「クメルはどうも王都にいる奴隷から解放された人間たちに、人間族の種族の在り方を説いていたみたいで、人間族のコミュニティネットワークを密かに築いていたみたいです」

そういえば、冒険者ギルドにいた冒険者たちも人間族同士の繋がりとかいろいろと言っていたな。

「会話の内容は？」

「すみません、そこまでは――情報の精度も確かなものではありませんし、会っていたとしても、どこで会っていたのかもわからない状況です」

「そうか……いや、助かった」

しかし、サイショとクメルが会ったのは偶然か？

あいつは王都に入って直ぐに王城に来た。本来ならば、即座に自国に戻り、開戦の準備をしないといけないはず。

それなのに時間を使ってクメルと会うメリットは――

「まさか――あいつらの狙いって⁉」

「ジン様！　アーマーベア倒して来ました！」

俺がある事に気付いたとき、シヴが戻ってきた。

「シヴ、イクサ、出陣の準備だ。俺たち三人でガーラク砦に赴く！」


レスハイム王国が宣戦布告をし、国境を越えてガーラク砦に侵攻を開始したと連絡があったのは、俺がシヴとイクサに戦いの準備を命じた五分後のことだった。

「ジン様、準備が整いました」

「いつでも行けます！」

イクサは軽い鎧に刀のような装備。シヴは小刀二本、そして額当てをしている。

どちらの装備も黒を基調としているのは、この国が闇の精霊を信仰しているからである。

「ローリエ、お前は城に残り留守を守ってくれ」

「ご主人様、私も一緒に――」

「アイナも残れ。いざという時はこの国を頼む」

「……必ず戻ってきてください。もう戦争で主人を失うのはイヤです」

「わかってるさ」

俺はアイナの頭に手を乗せて言う。

「さて、急ごう。時間がない」

「ガーラク砦は難攻不落の要塞都市です。そう簡単に落ちるとは思いませんが」

「そう簡単に落ちるかもしれないから俺が自ら出陣するんだ。ほら、摑まれ」

俺はイクサとシヴの手を握り、転移魔法を使う。

転移した先はガーラク砦のすぐ近くにある崖の上だ。

ここからなら、俯瞰的に戦場を見ることができる。

ちょうど開戦直後ということで、魔法師団たちの儀式魔法による魔法の打ち合いが始まっている真っ最中だ。

無数の火の球が敵兵のいる方に向かって飛んでいき、爆炎を撒き散らす。

「派手にやっているな。普段塩づくりをやっている奴らと同じ魔法とは思えない威力だ」

「魔法師団が塩づくりをしている国は我らの国くらいなものです。しかし、そのお陰で威力は上がっているようですよ。以前に見た儀式魔法よりも強い魔力の流れを感じます」

イクサが称賛する中、今度はレスハイム王国軍からの儀式魔法が発動した。

巨大な岩がガーラク砦へと飛んでいくが、結界魔法が展開されてその岩を結界で受け止めた。

この世界の砦にはあのような魔力で発動する結界があり、魔法の攻撃を防いでくれる。しかし、それも万能ではない。何度も攻撃を受けると壊れてしまう。

それを理解しているので、次のレスハイム王国の儀式魔法の攻撃を、同じ儀式魔法による攻撃で撃ち落とす魔力の消耗戦が始まった。

暫くして魔法が止まる。

「魔法勝負は互角か」

「いえ、魔法勝負は我が軍の勝利ですね」

出会い頭に一発ぶち込んだが、しかし、それを言うなら呰にも一発食らっている。

互角じゃないか？　って思ったのだが、イクサの言う通りだった。

城門の前に巨大なゴーレムが現れて、敵軍に向かっていったのだから。

「土魔術師の魔力を残していたのか」

攻城戦において、城門前で膠着《こうちゃく》状態に持ち込むことができれば、城壁の上から弓矢で敵兵を射止めることができるため防衛側が有利になる。

従来の魔法戦とは違うが、サエリア、考えたな。

「敵将はザックス・ドナントですか」

イクサが敵の旗印を見て言う。

「有名なのか？」

「ええ。敵ながら見事な武人だと聞いたことがあります。私の父も一度苦汁をなめさせられたとか」

そして、ゴーレムと敵兵が衝突した。

敵はいまだに城壁に張り付いて梯子を掛けることもできていない。

圧倒的にニブルヘイム英雄国が優勢に進んでいた。

「ぐるるるるる」

シヴが唸り声をあげる。

ここは戦場から風下に位置する。

俺にはわからないが、血の匂いに当てられたのだろう。

「落ち着け」

「シヴも戦いに行きたいです」

「待て。出番はあるはずだ」

「待つのは苦手です」

シヴが子犬のような目でこちらを見てくるが、ここで彼女に行かせるわけにはいかない。

「……妙ですね」

イクサが顎に手を当てて言った。

「言ってみろ」

「敵が正面に集中し過ぎています。一点突破といえば聞こえはいいですが、これでは我が軍も正面に防備を集中させることができてしまいます。ゴーレムの数はそれほど多くありません。それならばゴーレムを避けるように側面や背後からも城攻めをするべきはずです。敵将がザックス将軍であれば猶更です。それと攻城兵器が少ない気がします」

そうだな。

普通の戦争ならば不自然ではない。

だが、これは開戦直後の戦いであると同時に、今回の戦争において最も重要な拠点と思われるガーラク砦の戦いだ。

一気に敵の城壁の上に攻撃が可能な井闌車《せいらんしゃ》や城壁そのものを破壊する投石機のようなものはこの世界にもあるはずだが、それが一切登場していないのも妙だ。

「魔法師団を指揮するサエリアもこの違和感には気付いているだろうな。とはいえ、敵が来ない以上ゴーレムに側面を守らせることはできない」

「……ジン様、あっちから匂いがするです」

シヴがすんすんと匂いを嗅ぎながら指差した方向は森の中だった。

鳥が数羽、木々の間から飛び出していく。

「敵の伏兵の騎馬隊か。しかし、何故森の中を――」

「背後に回る気だな」

「背後に？　しかし、騎馬隊の一個隊では城門の破壊も難しいはず」

「城門を破壊する必要がないんだろうな」

シヴのお陰で敵の狙っている位置がわかった。

結界魔法のせいで砦の中に転移することはできない。そのため、サエリアに伝える術はない。

だったら、事が起こるのを待つのが一番だな。

そして、俺の予想はニブルへイム英雄国側にとって最悪な形で的中するのだった。

※　※　※

サエリアは魔法師団を率い、ガーラク砦の防衛に当たっていた。

ガーラク砦はニブルへイム英雄国にとって防衛の要となる重要拠点の一つであり、魔王国時代に建城してからは難攻不落と言われた砦でもある。

ただ、ニブルへイム英雄国建国にあたり、多くの将がモスコラ魔王国に亡命。また、人間の戦闘奴隷解放により戦力不足は明らかだった。

幸運にもレスハイム王国の侵攻は当初の予想よりも遅く、各地から十分な増援が集まり、その戦力差は拮抗しつつある。

しかし、それだけで、戦争の勝敗は決まらない。

攻城戦においては守備側が圧倒的有利とされるが、英雄と呼ばれる武将一人の存在の出現により、その状況は一転する可能性もあるから注意しないといけない。なお、このガーラク砦を守るドワーフのトラコマイもまたその英雄の領域に足を一歩踏み入れている武人であり、このガーラク砦を守り続けた立役者でもある。

彼らドワーフがモスコラ魔王国に亡命しなかったのは我らニブルへイム英雄国にとって僥倖と言えるだろう。

「よう、頑張っておるな、サエリア嬢」

そのトラコマイが城壁の上に訪れた。

身長はサエリアより僅かに低いが、もともと身長の低いドワーフからしたら長身と言えるだろう。

黒を基調としたその鎧は古く、表面には多くの傷が残っているが、それは同時に彼が激戦の中で生き抜いた猛者である証明ともいえる。

それはいいのだが、彼は瓢箪《ひょうたん》に入れた酒を飲んでいた。

「トラコマイ殿。作戦中の飲酒はお控えください」

「ガハハ、ドワーフにとってこの程度は酒とは言わん」

「真似をする部下が現れると面倒なんですよ」

「わかったわかった。それでどうじゃ、敵軍の様子は？」

トラコマイは瓢箪に栓をして腰にぶら下げながら尋ねる。

「部下に千里眼の魔法で様子を見させていますが、いまのところ動きはありませんね。しかし、偵察の報告によると、敵の総大将はザックス将軍だという情報です」

「ザックスか……奴とは何度か差しで戦ったが、あいつが出張ってくるのならこの戦い、楽には終わらんぞ」

英雄の領域に足を踏み入れているトラコマイが一対一で戦って、どちらも生きている。つまり、ザックスもまた英雄の領域にいる武将ということになる。

この戦いにおいて最も重要なのは、そのザックスの出方となるだろう。

戦況を見誤ってはいけない。

「サエリア様！　バンニ砦の敵軍に動きあり！　こちらに向かって進攻中です！」

「数は⁉」

「約五万」

「サードン砦の敵にも動きがありました！　数も同じく五万です」

「合計十万の軍か。腕が鳴るわ」

「今回の戦い、白兵戦となるのは城壁に上られたときか城門を突破されたときになります。トラコマイ殿が戦うことにならないことを願っていますよ」

「ガハハハ、相手はザックスだぞ？　そんな甘い考えは捨てておけ」

「甘い考え……ですか」

確かに、サエリアには実戦経験が少ない。

それでも、最良の結果を出す。

「サエリア様、私が城壁正面の指揮をします」

敵軍の先頭が肉眼でも捉えることができた頃、若いドワーフがやってきた。

トラコマイの息子のユークテスだ。

「ああ、頼む」

身分でいえば、四大種族の代表であるサエリアはユークテスやトラコマイよりは遥かに上なのだが、戦争においてはその身分の差はなくなる。

「儀式魔法の発動準備を！」

ユークテスが言った。

サエリアはそれに従い、部下に指示を出す。

「一、二、四部隊、儀式魔法火の陣の準備！　相手の出鼻を挫くぞ！」

「はっ！」

三部隊で魔法を詠唱する。

膨大な魔力を消費する儀式魔法を放つ。

巨大な火球が飛んでいき、敵兵が最も集まっている場所に直撃した。

「お見事です！」

「自分でも驚いている。塩づくりの賜物だな」

サエリアは思わず笑ってしまった。

ユークテスが「塩づくり？」と不思議そうに尋ねた。

「敵魔法、来ます！」

と部下が言ったところで、敵の魔法が砦に直撃。

結界により阻まれたが――

「思ったより衝撃が来て、出力が落ちています。二度目を受けたら結界装置本体にダメージを受けてしまいます。次からは敵の攻撃を魔法で迎え撃ってください」

結界装置は貴重な上、設置には時間がかかる。

結界装置にダメージを受ければ、今回の戦いはよくても今後の戦いに影響が出る。ましてや壊れたら大変なことになる。

「わかりました」

その後は敵の魔法をこちらが迎え撃つスタンスに変更となった。

その間に敵軍は近付いてくる。

「ここまで敵が近付けば儀式魔法の心配はないでしょう」

ユークテスが言う。

儀式魔法は大勢で魔法を発動させるためか、その魔法の命中率は高くない。いま下手に儀式魔法を使えば、味方を巻き込んでしまう。

だが、相手が儀式魔法を使ってくる可能性がゼロではない以上、魔力の温存は必須。

「弓兵、放て！　敵を城壁に張り付かせるなっ！」

ユークテスの指示で弓兵が矢を放つ。

こうなったら、本来ならば我々の出番はない。

だが――

「第三部隊！　ゴーレム兵起動！」

『はっ』

正門前に十体のゴーレムが出現し、正面から来る敵を迎え撃つ。

土魔法の使い手の魔力を温存しておいた甲斐があった。

ゴーレムなら味方の矢に当たっても壊れる心配はない。

「サエリア様。このあたりも間もなく危険になります。安全な場所にお下がりください」

「わかった」

結界では矢は防げない。

サエリアたちは城壁の塔に移動する。

ここなら敵の矢が届く心配はないし、戦況の確認ができ、必要な時に魔法を使うことができる。

「団長、この戦いは我々の有利のようですね」

「ああ……」

サエリアは低い声を出して頷いた。

敵はバカみたいな正面突破を狙っているようだ。

(だけど、この違和感はなに?)

何か見落としている気がする。

サエリアは塔の窓から外の様子を見る。

ザックス将軍の姿はまだ確認できない。


城壁前の戦いが始まった。

ゴーレム兵は見事に善戦していた。

敵歩兵たちの武器である剣や槍は、実際はただの土塊《つちくれ》でしかないゴーレムにはほとんど効果はない。人体にとっては急所となる胸や首を突いても効果はない。人対人、人対魔族の戦いを想定とする訓練をしていた兵たちにとってゴーレムとの戦いは想定外の苦戦を強いられることになっていたから。

だが、先程からサエリアは不安を感じていた。

「ザックス将軍の位置を確認しなさい！」

一人の英雄は戦局を覆す力がある。

彼の位置を知る必要がある。

必要ならば、魔力が戻ったものから千里眼の魔法を使うことも視野に入れる。

「敵将ザックスの姿を確認できました！　本体奥中央に！　白銀の鎧は間違いありません」

「え？」

サエリアは窓から顔を出し、目を細める。

大きな旗の下に白銀の全身鎧を纏った者がいた。

敵将の位置としては妥当。

いつでも前線の戦いに加わることができれば、戦局を確認し撤退の指示を出すこともできる。

総大将となれば、もっと奥にいたとしても不自然ではなかったが、勇猛果敢と名高いザックス将軍であれば納得ができる。

だが、ザックスの位置が確認できても、サエリアの中で不安な気持ちは消えない。

サエリアの不安をよそに、戦いはかなり味方が有利な展開で進んでいた。

雨のように降り注ぐ矢に敵兵は防戦一方。

「……味方の戦力が正面に集まり過ぎている？」

当初の戦力を考えると、あの矢の数は異常だ。

「敵が正面からの一点突破を狙っているようなので、戦力を集中させているのでは？」

副官で同じダークエルフのセレナが言う。

そう、筋は通っている。

むしろ、正面に兵を集めているからこそ善戦できている。

トラコマイ殿の作戦は正しい。

だが、このまま終わるとは思えない。

「サエリア様！　敵将ザックスが前進！」

「――っ！」

動いた。

そう思ったときだった。

側面の城門が開き、騎馬隊たちが出陣した。

その騎馬隊を率いているのはトラコマイ殿だった。

両側面から回り込み、一気に決着を付けるつもりのようだ。

「さすがは勇猛果敢なトラコマイ殿ですね」

セレナが感心するように言う。

この布陣――セレナの言う通りだ。

このままいけば早期決着も可能だ。

だが、本当にそれで終わるのか？

サエリアはザックス将軍を実際に見るのは初めてだ。

だが、トラコマイ殿の武勇は聞いている。そのトラコマイ殿が警戒するザックス将軍がなんの策も講じずこのまま敗れるとは――

「この音はっ⁉」

鐘の音が聞こえた。

背後から敵襲っ⁉

もしかして、正面からの敵は全て囮《おとり》で、背後からの攻撃が本命？

しかし、城壁を突破できるほどの軍が背後に回り込んで気付かないなんてありえない。

隠れて動けるとしたら――

「サエリア様！　報告です！　後方より敵が現れました！」

「数は！」

「騎馬の小隊、数は百っ！」

「百？　それに騎馬？」

とてもではないが、ザックス将軍級の英雄がいたとしても城門を突破できるような数ではない。

ただ、イヤな予感が強くなる。

「背後の守備はどうなっていますか？」

「ベンチャーラ侯爵軍が守備についているはずです」

「ベンチャーラ侯爵軍？　普段は言い訳を連ねて軍の派遣を渋っているあの侯爵の軍ですか？」

「はい。人間の戦闘奴隷を用いた部隊のようです。敵と同じ人間族ですが、隷属の腕輪をつけているので裏切りの心配はありません」

ジン陛下の命令により奴隷の解放は進んでいるが、貴族が保有する奴隷までは完全に解放に至っていない。

しかし、戦争に派遣するだけの戦闘奴隷をベンチャーラ侯爵が保有していたのだろうか？

「急報！　謀反です！　後方部隊のベンチャーラ侯爵軍の戦闘奴隷が裏切り、後方の城門を占拠！」

「隷属の腕輪はどうしたんですかっ⁉」

「全く効果がないようです！」

「急報！　敵総大将が後方より現れました！　背後より現れた騎士隊を率いているのはザックス将軍！」

そんな、ザックス将軍は正面に――と思ったとき、トラコマイ殿が正面にいるザックス将軍と刃を交え――落馬していた。

その衝撃で兜が外れたが、その顔はザックス将軍とは似ても似つかない別人だった。

はめられた⁉

マズイ。

トラコマイ殿が不在のこの状況で、ザックス将軍に城内に入られたら彼を止める者は誰もいない。

そのまま砦内を抜けられ正面の城門が内側から破られたら一気に敵軍が中になだれ込む。

「急報！」

「今度は何ですか！」

「背後の門に援軍が現れました」

「援軍？」

援軍がいるなんて聞いていない。

しかし、ザックス将軍を止められるのなら誰でも構わない。

「数は！　どこの部隊ですかっ⁉」

「数は三名！」

「三⁉」

三千の聞き間違いじゃないかと思ったが、伝令はこう続けた。

「英雄王陛下です！」

第四話　これ以上の名は要らねぇぞ

俺たちは崖の上から、ガーラク砦の背後が見える場所に移動する。

それと同時に、砦側面の城門が開き、騎馬隊が出撃した。

恐らく、砦正面の敵を両側面から挟撃する目的だろう。となると、正面に敵の総大将ザックス将軍が動いたか。

「これはマズいな」

「ザックス打ち取れば、この戦いはジン様、勝ちです」

シヴが言う。

いくら敵が多かろうと、総大将を打ち取ればあとは烏合《うごう》の衆に等しい。

頭を捥《も》がれた蜘蛛は苦しんだ後に死ぬ運命だ。

だが――

「正面にいる敵総大将が本物だったらな」

「――っ⁉」

シヴとイクサが顔色を変えた。

「俺の予想が正しければ、本物のザックス将軍はあの伏兵部隊の中にいる」

「まさか――敵の総大将がたったあれだけの数で、しかも伏兵となっているのですか？　あり得ない」

「イクサがそう言うってことは、敵の作戦は凄いよな。伏兵っていうのは意外性があればあるほどいいんだから」

ガーラク砦の後方が見える位置に移動した俺は答え合わせをするように戦況を確認する。

「そもそも、おかしいと思わなかったか？　なんで敵軍はすぐに攻めてこなかった？　こちらが準備を終える前に攻める機会はあったはずだ」

「レスハイム王国側も一枚岩ではなかったのではないでしょうか？　ジン様は人間の勇者です。人間の勇者と言えば神に遣わされた救世主とも呼ばれる存在ですから、その勇者を相手に戦争を仕掛けるには反対も多かった。その民意を纏めるのに時間がかかった」

「そんなことで戦争は止められないよ。今回の戦争には教会からの援助もあるだろうから、どうせ勇者に魔王が乗り移っているとか、勇者の名を騙《かた》る偽物とか言って存在しない筋書きができあがっている」

「じゃあ、なんで戦争が遅くなったのです？　寝坊です？」

シヴが首を傾げる。

「そうだな。シヴの言っていることは正しい。果報は寝て待て。あいつらは寝て待っていたのさ、報告が来るのを」

「報告？」

「ガーラク砦にこちらの増援部隊が到着したという報告だ」

「…………………………………………………まさかっ⁉」

「どういうことです？」

イクサも気付いたか。

まぁ、イクサは俺と違って冒険者ギルドに行かなかったから今まで気付かなくて当然か。

さて、動くぞ。

騎馬部隊が森から出てガーラク砦へと突撃を開始する。

「あの先頭の男、強いです」

これだけ離れた場所にいても、シヴは先頭の騎士の強さに気付いたか。

「あれが本物のザックス将軍だろうな。正面にいるのはザックス将軍の予備の鎧を着ているだけの影武者ってところか」

「でも、数が少ないです。あれだと城門突破できないです」

「そうだな――だが――」

「……っ⁉　扉が開いたですっ⁉」

ああ、そうだ。

内通者が開けたのだろう。

俺が思い出したのは冒険者ギルドで会った男の台詞だ。

『頭のいい人間は人間族のコミュニティに入るべきだろ』

人間族のコミュニティ。

その時は、まぁ、そういうのもあるんだろうって思っていた。

だが、シヴが冒険者ギルドに行ったときはアーマーベア退治をできる冒険者がいないくらい、冒険者が少なかった。

俺が倒したあの人間の冒険者は、俺やシヴより遥かに弱いが、それでもアーマーベアを退治するくらいの実力はあった。その彼らがいないってことは、彼らも戦場に行ったことになる。

しかし、妙な話だ。

人間族という括《くく》りを大事だと語っていたあいつらが、人間との戦争にわざわざ出向くか？

そこで気になったのが、
クメル・トラマンとサイショ・ムノダメの密会。

そして、貴族からの私兵の投入。

クメルは人間の奴隷の売買を生業として、都市長としての確固たる地位を築いていた。当然、貴族へのコネも持ち合わせている。

俺が奴隷の売買を禁止したことにより、貴族たちの中には今回の戦争の私兵の投入に苦労した者もいるだろう。特に私兵の少ない貴族は。

そこで、クメルは誰にかはわからないが持ちかけたはずだ。

奴隷を秘密裡に融通すると。

その奴隷こそが、王都にいた冒険者だ。

もっとも、奴隷というのは嘘で、命令するための隷属の腕輪の紛い物を付けていたのだろう。

そして、ザックス将軍が突撃するタイミングで謀反を起こし、扉を開けさせる。

森の中を動く怪しい騎馬隊をシヴが見つけるまでは、あくまで最悪の予想でしかなかったんだが、その予想が的中してしまった。

「一歩間違えたら謀反が失敗し、一気にザックス将軍は不利になっていただろう。綱渡りのような作戦だが、しかしそれを成し遂げたんだ。敵ながら天晴《あっぱれ》だな」

「褒めている場合ではありません」

「そうだな。じゃあ、敵の正面に俺たち三人で転移する。シヴとイクサは謀反を起こしたバカたちを制圧。そして、敵総大将自ら来てくれるんだ。相手は俺が自らやってやろう」

俺の言葉に、イクサとシヴが頷いた。

そして、三人で後方の城門前に転移をする。


突然の俺たちの出現に、城門を占拠していた人間の部隊が滑稽なくらいにうろたえた。

「お前ら、どこから現れやがった⁉」

ん？　この声、聞き覚えがあるな。

こいつは――

「お前、冒険者ギルドで見た人間。やっぱり敵だった」

シヴが声を上げる。

振り返って確認すると俺が腕を捻って関節を外したマッチョなおっさんだ。

「シヴ……あぁ、うん、もういいや。頑張れ」

俺が倒せって言う前に、そのマッチョ冒険者の首が巨大化したシヴの手で潰されていた。

「イクサ、お前も頼む」

「はっ、陛下も御武運を」

「おう」

俺は軽く返事をして、迫りくる騎馬隊を見る。

このまま突撃されるのは面倒だ。

俺は剣を抜いて、地面を斬った。

そして、塩田を作ったときと同じように、手前の土を騎馬隊へとぶん投げる。

土の塊は騎馬隊へと襲い掛かったが、ザックスがその土の塊を自分の剣で両断して突破してきた。

「おぉ、やるね」

ただ、騎馬隊の動きを止めることには成功したな。

「トラコマイ以外にも貴様のような英雄の領域内の武人がいるとは……とんだ誤算だな。我が名はザックス・ドナント。貴様の名を聞こう」

「俺は――」

普通に名乗ろうと思って、しかし考えを変える。

「俺の名はジン・ニブルヘイム。ニブルヘイム英雄国の英雄王だ！」

その瞬間の思い付きで、俺の名がただのジンから、ジン・ニブルヘイムへと変わったのだった。

剣の切っ先を向けられたザックスは眉一つ動かさず、俺を見据える。

「ジン・ニブルヘイム……そうか。貴様が魔に堕ちた勇者か」

ザックスが兜を外して言う。

兜の下には頬に大きな傷のある老将の顔があった。

俺の力ならば兜を貫通してダメージを与えることができる。弓兵が正面に集まっている今なら矢で攻撃される心配もない。それなら兜を外して視野を広めた方がいい。

なるほど、頭が回るのが速い。

「やっぱりそっちではそうなってるのか？　俺としては魔に堕ちたっていうより魔を率いているって感じでやってるんだがな。別に人間に敵対したいんじゃないんだぞ？　お前らが撤退してくれたら追撃はさせないと約束しよう」

「ふっ、やはりあれは国と教会の虚言だったか。だが、我は国に忠誠を誓った身。敵の王が自ら戦場に現れたのならばここで勝負を付けさせてもらおう。ニブルヘイム最東端のこの地ではコアクリスタルの力もまともに使えない絶好の機会だからな」

「せっかく逃がしてやるって言ってるのに」

俺は剣を抜いて振るった。

今まで使っていたなまくら刀ではない。

城の武器庫の中にあった剣の中でも俺の手に馴染み、そして国宝級の切れ味を誇る剣だ。

銘をルナスティア――闇の精霊の名を冠するように、その刀身は黒く輝き美しい。

そしてその切れ味は――

「何を笑っている？」

「いや、剣の軽さの割には切れ味がぶっ壊れ性能だな」

「ふっ、確かに一目見ればその切れ味はわかる。感嘆の息が漏れるほどだ。だが、どれだけ切れ味がすさまじくても当たらなければ意味があるまい。我の神速と呼ばれる剣の前には切れ味など無意味」

「なんだ、まだわからないのか？」

俺は刀身を見せて言う。

ザックスもまた俺を見た――そして彼の顔色が変わる。

黒く光る刀身に映った自分の姿を見たのだろう。

「…………いつの間に」

彼は自分の胴体が斬られていることに気付き、その場に倒れた。

ダルクよりは強くて、魔王よりは弱かったな。

俺は倒れているザックスに近付く。

死ねば仏というのは日本人の感覚で、死者を足蹴にするようなことはしたくないのだが、ここは戦場だ。

俺は倒れたザックスの首を斬り落とし、

「敵総大将ザックスの首、英雄王ジン・ニブルヘイムが打ち取った！　次に俺にかかってきて無駄死にする奴は誰だ！」

「撤退だっ！　撤退！　ザックス将軍の死を無駄にするな！」

副官らしき男が俺を睨みつけながらも配下に命じた。

ザックス将軍の無念を晴らせ！　とか言って襲い掛かって来るかと思ったが、頭のいい副官がいたようだな。

ザックス将軍を一撃で討ち取った俺の攻撃を見て、たった数百人で倒せるとは思わない。この世界はそれほどまでに個の力が重要視される。

彼らがすることは敵討ちと言って無駄死にすることではなく、俺の出現とその強さを伝えること、そしてザックス将軍が率いたレスハイム王国軍をうまく撤退させることだ。

「イクサ、シヴ。そっちを手伝う——必要はないな」

振り返ると謀反者たちの死屍累々が山になっていた。

わかっていたが、やっぱり二人とも強いな。

さすがは種族の代表だ。

「英雄王陛下っ！」

「おっ、サエリア！　ナイスタイミングだ」

城壁の上に現れたサエリアに俺はそれを放り投げた。

「敵総大将ザックスの首だ。これを正面に！　この戦いは俺たちの勝ちだと伝えてこい」

サエリアはザックス将軍の首を取り落としそうになるが、なんとか受け止めると、それを持って正面に走った。

　暫くして、正面から勝鬨《かちどき》を告げる歓声が聞こえた。

「ジン様！　シヴ頑張ったです！」

「よしよし、よく頑張ったな。だが返り血まみれで抱き着いてくるな。ほら、ちゃんと洗え」

　次元収納に綺麗な井戸水を大量に収納しているので、それを垂れ流してシヴに手と顔を洗わせる。

「冷たくて気持ちいいです」

「そうかそうか、よかった。イクサも洗っていいぞ」

「はっ。しかし汗を流す程の敵ではございませんでした」

　イクサはあまり返り血を浴びていないな。

　布で剣の血を拭っているから戦っていないのではない。

　戦い方がうまいのだろう。

「イクリ、水を浴びるです！」

　シヴが手を巨大化させて水を切るように拳を振るった。

　水がイクサを呑み込んだ。

「……シヴ、何をしている」

　イクリは頭から水に濡れていつもとは違うイケメンになった。

　イクリが怒っている？

「ジン様の水、冷たくて気持ちいいです」

「そうか……悪意はないのはわかるがやめてくれ。角に水を浴びるのはあまり好きではない」

「イクサは水浴びが苦手なのか。それは意外な弱点だな」

「ジン様、違います。水浴びが苦手なのではなく、角が濡れるのが気持ち悪いだけです」

「そ、そうか」

角専用のシャンプーハットとかあれば鬼族にバカ売れしそうな話だった。


その後は大宴会となった。

俺はトラコマイと差しで盃を酌み交わしていた。

盃じゃなくて椀だけど。

彼には今後もこの砦を守ってもらわないといけないから、酒の付き合い、飲みにケーションは必須だった。

「ほら、酒だ。持ってきたぞ。盛大にやってくれ」

「陛下、この酒はどこで手に入れたんだ？」

「俺が作った失敗作だが、酔うには十分だろ」

俺はそう言って、瓶に入った酒をトラコマイの空になった椀に注ぐ。

「がはは、酢になってなければ酒に失敗作なんてない。ん？　白く濁ってるな……どれ……これは⁉　うまいじゃないかっ！　どこが失敗作なんだ？」

「白く濁ってるからな……濁ってない酒を作りたいんだ」

この酒は元々米を作っている地域で細々と作られていた濁り酒を俺なりに改良した日本酒もどきだ。

ある町の情報屋の爺さんが酒好きで、特に変わった酒が好きだと言う話だったので、試しに作った。

俺としては透明でアルコール度数の高い日本酒を作りたかったんだが、素人ではこれが限界だった。

俺はトラコマイの空になった椀に日本酒もどきを注ぎ、自分の椀には井戸水を注ぐ。

「陛下は飲まないのか？　もしかして下戸か？」

「いや、逆だ。飲んでも酔わないいんだよ。勇者には毒が効かない。どうやらアルコールは毒って判断されるらしくて、飲んでも即座に分解、無効化されて酔えないいんだ」

「そりゃお気の毒だな。じゃあ、ドワーフ特製の発酵前果実水だ。ドワーフは三歳未満のガキしか飲まないが、ちょうどいいだろう」

「それはありがたい」

俺が人間だから用意していたのだろう。

トラコマイから注がれた果実水は彼が自慢するのがわかるほど美味だった。

俺が果実水を飲んでいると、トラコマイが尋ねた。

「…………陛下、ザックスの最期はどうだった？」

少し寂しそうにしているその横顔。

好敵手を失った感情なのだろう。

「……将軍として立派な最期だったよ」

俺はそう言った。

決して強くなかったが、勇者である俺に一歩も引かず立ち向かおうとする気構え、そして主君への忠誠心は敵ながら見事だった。

「…………そうですか」

トラコマイは笑って酒を飲む。

「まぁ、あのザックスを一騎打ちで打ち破った陛下がこれから国を支えてくれるのなら安心だ。儂も安心して酒が飲めるってもんです」

あぁ、それだが、暫くしたら王の座はイクサに譲るつもりだ。

一緒に戦ってわかったが、あいつは強い。

ザックス将軍よりも強いだろうし、恐らく魔王と互角。

そして俺の行動の意図をよく汲み取ってくれる。

頭もいいのだろう。

十分王の座を継ぐ才覚がある。

ちょうど考えていたらイクサが入ってきた。

「陛下、トラコマイ殿、少々よろしいでしょうか？」

「おぉ、鬼族の若頭か！　ちょうどいい、お前も飲め！」

「はっ、ありがとうございます。ですが、飲む前に聞いてください。トラコマイ殿に証人になっていただきたいのです」

「儂に証人？　いったいなんだ？」

トラコマイの質問には答えずにイクサは俺の前に跪き、俺の目を見て宣言する。

「俺、イクサはジン英雄王陛下に永遠の忠誠とともにこの名を捧げることを誓います」

はい？

いま、イクサはなんと言っただろうか？

「すまない。聞こえなかった。もう一度言ってくれ」

「英雄工陛下に名を捧げると申しました」

聞き間違いではなかった。

どういうことだ？

イクサは俺との一騎打ちを望んでいたが、それもまだ果たしていないし、それ以外に好感度を上げたつもりはない。

そう考えていると、トラコマイが目を細めて告げる。

「鬼族の若頭。忠誠を誓うのならわかるが、名前を捧げるには相応の理由がいる。だいたい、名前を捧げるなんて、その主に何十年も仕えた家臣がこの人以外の主を考えられないと思ったときにする行為だ。英雄王陛下が王になってそれほど経っていないだろう？　いまのは聞かなかったことにしてやる」

魔族の風習をあまり知らなかった。

名前を捧げるのが永遠の忠誠だってのは知っていたが、そういうものだったのか。

シヴとローリエの二人に名前を捧げられて、最近だとキュロスまで俺に名前を捧げようか悩んでいるという噂を聞き、結構軽いものなのかと勘違いするところだった。

「いいえ、トラコマイ殿。私は考えて名を捧げています」

「考えだぁ？　だが――」

トラコマイは何かを言いかけたあと俺を見て口を噤《つぐ》む。

「無礼講だ。言いたいことを言ってくれ。俺の作った酒をうまいと言ってくれたサービスだ」

「感謝します」

トラコマイは俺に頭を下げ、そして言う。

「鬼族の若頭。英雄王陛下は人間だ。儂は陛下のことを主君と認めているが、腹の内でつまらないと思ってる奴は少なくない。そんな陛下に若頭のお前が名を捧げたことが知られれば、鬼族の立場は悪くなる。それともう一つ。お前が名を捧げたら、鬼族の族長になることができなくなる。そもそも名を捧げるというのは魂の契約だ。陛下が魔力を込めた言葉で命令を下せば絶対に逆らえなくなる。隷属の腕輪よりも遥かに強い呪いのようなものだ。当然、そんな奴はもう族長にもなれない」

「なっ⁉　そうなのか⁉」

「そりゃそうでしょう。名前を捧げるってことは陛下の傍で常に働くし、種族のためではなく陛下のために働くということです。自分の部族の里に一時的に戻ることはできても、その部族を率いることはできないんですから」

だったら、シヴとローリエはその覚悟で？

シヴは何も考えていない可能性はあるが、ローリエは何故だ？

「トラコマイ殿。英雄王陛下がザックス将軍を打倒したのを俺は見ていました。そして、気付いたのです。今の俺では、いや、何年経とうと俺はこの人には勝てないと。そして、人間族や魔族など関係なく、ただ自分の意志を貫く彼を見て思いました。英雄王陛下がこの先何を為すのか、傍で見たいと」

「別に名を捧げなくても傍で見ていればいいだろう」

トラコマイのもっともな言葉に、イクサは首を横に振る。

「英雄王陛下は、王の立場であることに固執していません。それどころか王位を誰かに譲りたいとさえ思っているようです」

ギクッ、どうやら気付かれていたのか。

その王位を譲る相手として筆頭に挙がっていたのがイクサだったということには気付かれていないようだが。

「陛下が王位を誰かに譲られたとき、俺の種族の代表という立場は俺の自由を縛ります。種のため、新たな王に仕えないといけなくなる。それが決まってから名を捧げたのでは手遅れだ。種の裏切りとなる」

「なるほど。だったら、今のうちに名を捧げてしまおうってわけか。表向きは、陛下への忠誠心を形で示し、陛下の鬼族への心証を少しでもよくするため。特に鬼族の若頭は前魔王時代からの側近。陛下が若頭を疑っていたとしても不思議ではない」

「そういうことです」

何故か二人はわかりあっているようだが、俺は納得がいかない。

「待て、さすがに性急過ぎるだろ。せめて、お前の親父さんと話し合ってから……」

「必要ありません。代表として送られたとき、父は俺の判断に全て任せると言ってくださいました」

「だがな――」

いくらなんでも重いぞ。

「陛下。若頭の覚悟を認めてやってください。名を捧げるっていうのはそういうことなんです」

「名前を捧げるのは断る」

「英雄王陛下！」

「俺はいつか自分のいた世界に戻りたい。その方法を探している。だが、俺の世界にお前やシヴ、ローリエを連れていくことはできない。永遠の忠誠を誓われた場合、それは俺にとって足枷になる」

俺はイクサに言った。

アイナのように人間に近い姿だったらなんとかなるが、頭に角が生えていたり、背中に蝙蝠の翼が生えていたり、狼耳と尻尾が生えている人間は地球にはいない。

最初はコスプレだと言って誤魔化せるだろうが、いつかは限界が来る。

「だが、同時にイクサの覚悟もわかった。だから、捧げてもらった名前を預かるという形じゃダメだろうか？　お前の忠誠は受け入れる。だが、俺が必要だと思ったとき、名前を返す」

「確かに陛下の言う名前を返す前例は存在する。確か、何代か前の魔王が、自分に捧げられた忠誠を、今度は自分の息子のために使ってほしいということで、捧げられた名を返した記録がある」

トラコマイが髭を撫でながら思い出す。

「俺が王を辞めたがっていることを知っていて、なお俺に仕えたいって言ってくれてるんだろ？　さすがにそんな覚悟、無下にはできないさ」

俺は敵には容赦なく生きると決めたが、自分に好意を持ってくれている人間には甘い。

それが弱点だと自分でもわかっている。

「ありがとうございます。陛下が俺を必要ないと思うまで、この忠誠を陛下に捧げます」

「ああ。よろしく頼む」

しかし、これで四天王のうち三人から名前を捧げられてしまった。

残るのはサエリア一人だな。

まさか、彼女まで名前を捧げるということはないだろう。

それより、気になるのはローリエの方だな。

一体、なんで彼女は俺に名前を捧げたのだろう？

俺が敵の総大将ザックス将軍を一騎打ちで打ち取り、ニブルヘイム英雄国軍を勝利に導いた情報は瞬く間にガーラク砦周辺のみならず、ニブルヘイム王都やその周辺都市にまで轟いた。

と同時に、謀反を起こした戦闘奴隷についてはベンチャーラ侯爵からの援軍と称して紛れ込んだレスハイム王国の傭兵だったとトラコマイと口裏を合わせた。

元々この国の戦闘奴隷だったという話が広まれば、他の元奴隷たちの立場が悪くなるからだ。

と同時に、記録に残っている王都から派遣された戦闘奴隷は全員、その傭兵たちによって殺されたということになった。

クメル・トラマンは国境を越えてレスハイム王国に亡命しようとしていたところ、国境部隊に見つかり捕縛。王都に運ばれ秘密裡に処刑とした。

ベンチャーラ侯爵については、ただ利用されただけだ。

とはいえ、今回の謀反は彼の脇の甘さから出た。

彼は自分の処刑まで覚悟していたそうだが、しかし、今回の謀反を表向きはベンチャーラ侯爵からの戦闘奴隷の部隊ではないことにしたため、処罰ができない。

そのため、あくまで俺の命令を無視して戦闘奴隷を購入したという罰により、彼には領主の座を息子に譲らせて表舞台から降りてもらった。

アイナが言うにはベンチャーラ侯爵の嫡子はとても優秀な者らしく、彼が領主になった方が領地がうまくまとまるだろうとのこと。

「寛大な処置に感謝いたします」

ベンチャーラ侯爵――元侯爵が俺にそう言った。

それが限界だっただけだ。

自分の領民を守るためなら人間の命なんてどうでもいいと思って戦闘奴隷を派遣するベンチャーラ侯爵のことをぶん殴ってやりたかった。

ただ、新たなベンチャーラ侯爵が俺を見て深く謝罪をした――その姿を見てもう何も言わなかった。

ともかく、これで戦争のアレコレは一度収束を見せた。

といっても、終戦どころか停戦すらしていない状況のため、いつレスハイム王国が攻めてくるかはわからない。かといって、こちらから出陣するほどの余力はやはりない。

結局、堅牢なガーラク砦の力に頼るほかはないが、今回のような奇策はもう通じないだろうし、そう簡単に敗れるとも思わない。

「ご主人様が攻め込めばレスハイム王国の砦をいくつも潰せるんじゃないですか？」

アイナが謎のファイティングポーズを取って俺に言ってくる。

「それは俺の力がなければ落とせないってことだぞ？　あまり俺の力に頼った戦ばかりするべきじゃない。俺は永遠に生きられるわけじゃないからな」

かつてアイナの力で隆盛を極めた古代の王国も、アイナが力を使えなくなったら滅んだ。このニブルヘイムも、俺がいなくても滅ばない国でいてもらう必要がある。

「そういえば、アイナ。魔族が名前を捧げる行為って、人間にはないよな？　なんで亜人にだけできるんだ？」

「わかりません。ただ、一説によると、世界は全員名前で縛られている。その名前の縛りから最初に解放されたのが人間であり、だから人間は名前を捧げることで相手に絶対服従することができなくなった——と人間の国の教会が教えています」

「この世界の亜人は世界に名前で縛られている……か。アイナはどうなんだ？」

「私は世界の理《ことわり》から外れた魔神ですから、契約が名前を捧げる代わりですね。ご主人様が美味しいおはぎを食べさせてくれる限り、永遠に忠誠を誓います」

「契約内容はおはぎじゃなくてご飯だっただろうが……ほら、一日一個だぞ」

と俺は次元収納からおはぎを取り出してアイナに渡した。

「じゃあ、引き続き、仕事を頑張れ、宰相」

「ご主人様。私、本当に宰相させられるんですか？」

「俺も王様やってるんだ。そのくらい我慢してくれ」

アイナにそう言って、俺は厨房に向かった。

ローリエの朝は遅く、だいたい昼のこの時間に起きて目覚め、いまは食堂でワインを飲んでいるだろう。

「よぉ、ローリエ」

「ジン様は御昼食ですか？」

「まぁな」

「変わった料理ですね」

「ハンバーガーとポテトっていうんだ。俺の故郷の料理でな。ピクルスがいい具合に漬かったから試しにキュロスと作ったんだよ。キュロスの奴、本当に腕を上げたな。ポテトの塩加減もばっちりだ」

あとはコーラさえできれば完璧なのだが、炭酸水を作るのが難しい。

自然の炭酸泉とかなら探せば見つかりそうだが。

「陛下は料理も嗜まれるのですね」

「俺の故郷の料理を再現するのは完全に俺の趣味だな」

そう言ってポテトをつまみ、食べる。

ローリエは微笑んでワインを飲む。

たわいのない雑談をし、緊張感もない静かな昼食の時間を過ごした。

そして――

「ローリエ。なんで俺に名前を捧げた？　俺はあの時あまり知らなかったが、名前を捧げるってのはそう簡単にしていいものじゃないんだろ？　精気なら名前を捧げなくてもやる。あの時は証人を立ててもいなかったんだし、撤回してくれれば――」

「ジン様はお優しいのですね。少し歩きませんか？」

ローリエが散歩に誘ってきて、俺は頷いた。

二人で城の外に行く。

このままだったら目立つのでジーノの姿に変装した。

そして向かった先は城下町でも最大の歓楽街だった。

昼過ぎだというのに、酒の匂いがぷんぷんしている。

もっとも、戦勝の知らせを受けた直後はこの比ではないくらい大騒ぎだったそうだが。

「陛下は淫魔族についてどのくらいご存じですか？」

「そうだな。淫魔族は生物から精気を吸収し、己の糧とする。角と翼は魔法で隠すことができて、その力を使って人間の街で生活をしている。ただ、淫魔族だとバレないために、人間から精気を吸うのは極稀《ごくまれ》。そして、精気を奪われたとき、感謝の印として快楽物質を送ってくれる。それがとても気持ちいいらしい。そのため、淫魔族は人間族の社会の中でも秘密裡に生活することを許されている」

あまりの快楽に暫く歩けないほどだという。まぁ、歩けないのは精気を吸い取られているせいもあるだろうが。

ダルクが一度でいいから淫魔族の女性に精気を吸われたいって話していた。

「概ねその通りです。ただいくつか付け加えるのなら、快楽物質を相手に送るのは精気を分けていただく代償ではありません。それを送らなければ、相手に強い苦痛を与えてしまうからです。当然です。無理やり精気を奪うのですから。そして、それは私たちの意思に関係なく送られます。例外的に、淫魔族同士で精気を送る場合は苦痛もなく快楽物質の提供も必要としません」

そういう話は聞いたことがあった。

わかりやすく言うなら、蚊のようなものだ。

蚊は血を吸う時に麻痺させる成分を相手の身体に送り、刺された痛みを全く感じなくさせている。

「そして、私たちが快楽物質を生み出すには日数が必要です。そのため、精気を吸うことができる回数には制限があります」

「そうなのか？　それは初耳だな」

「はい。その数は生涯で五回のみとされています」

「じゃあ、五回吸った後は？」

「精気を吸う時に快楽物質を送ることができませんので、精気を吸った相手は苦痛を感じ死に至ります。それは淫魔族の中で最大の罪として禁止されています」

そりゃそうだ。淫魔族が精気を吸う時に相手を殺してしまう可能性があるなんて知られたら、淫魔族はたちまち討伐対象になる。

「魔物や動物相手に精気を吸う者もいましたが、どうも相性が悪く、特に魔物の精気は我々にとっては毒のようで」

「……そうか……ってあれ？　でも、お前、週に一度俺の精気を吸いたいって言ってたよな？　それに、お前に精気を吸い取られた時、快楽物質とか全然来なかったんだが」

「はい。私も驚きました。恐らく、勇者としての力が、快楽物質を毒と判断し、侵入そのものを遮断しているのだと思います」

「あぁ、酒を飲んでも酔わないのと同じか」

いろいろと損をした気持ちになる。

それにしても――

歓楽街を歩いていたはずだが、随分とさびれたところに来たな。

一緒にいるのがローリエでなければ、どこか危ない場所に誘い込まれているのではないかと警戒するところだが。

「ローリエ、一体どこに向かっているんだ？」

「淫魔族の子たちが集まっているセーフハウスのような場所です」

「セーフハウス？」

「淫魔族の子は違法奴隷として捕まることも多いんです。ジン様のお陰で奴隷商そのものが数を減らしているので随分とマシになりましたがまだまだ危険です。なので、王都に住む淫魔族は全員で協力して一つの家で過ごしているんです」

へぇ、そうだったのか。

と感心していたら、見覚えのある淫魔族がこっちに近付いてきた。

彼女はローリエを見るなりきつく睨む。

「ローリエ、どういうこと？　人間の男性を連れて来るなんて。いくら代表だからって許されないわよ」

「ルシア、待って。この人は――」

「知っているわ、ジーノさんでしょ？　冒険者ギルドで会ったことがある期待の新人よ」

彼女は冒険者ギルドで受付嬢をしていた女性だった。

シヴと一緒に会ったことがある。

認識誘導の魔法をかけていたから顔に意識を向けにくくしていたのにそれでも顔を覚えているのはさすがだな。

「騙していて悪かったな。えっと、ルシアさん……だっけ？　俺のジーノっていうのは偽名なんだ」

このままだと話がややこしくなりそうなので、俺は変装とともに、認識誘導の魔法も解除する。

「ルシア、この人は私の主、ジン英雄王陛下」

「……へ？」

ルシアは一度間の抜けた声を上げた後、周囲に響き渡るような絶叫を上げたのだった。


ルシアが大声を上げたせいだろう。

淫魔族たちがいっぱい出てきた。

手には錆びた剣や包丁、角材などの武器を持っている。

心地よい殺気だ。

仲間を救うために自分より強い相手に向かっていこうとしている。

「みんな、待って、この人は――」

「ルシア姉ちゃんから離れろ！」

一人の少年がナイフで俺に切りかかってきた。ルシアに似ているから、たぶん弟だろう。

俺は少年のナイフを二本の指で受け止めた。

「待って、ロイ！　違うから！　お願い、武器を下ろして！　私はただ驚いただけだから――ち、違うのです、陛下。これは反逆行為ではなく――」

陛下という言葉に、淫魔族の皆も俺の正体に気付いたのだろう。

「え……陛下？」

俺に切りかかってきた少年も己の過ちに気付き、武器をその場に落として、両膝を地面に突く。

「申し訳ありません、陛下。どうかお許しを――」

「いきなり斬りかかってきたのは許せないが、突然アポも無しに君たちの居住区を訪れた俺の方も悪かった。普段通りにしてくれ――というのは無理な話かもしれないが、俺たちは多少の無礼で罰したりするつもりはないということは理解してほしい」

淫魔族の間から少し緊張が和らいだと思う。

「陛下、こちらにどうぞお越しください。案内いたします」

「ちょっと、ローリエ……陛下をまさかあそこに連れていくの⁉　陛下が気を悪くなさったら――」

「いいの。むしろ、陛下に見て頂きたいの。淫魔族の現状を――」

なんだろう？

俺たちはセーフハウスの中に入った。

セーフハウスは大きな洋館だった。

金持ちの家みたいだ。

場違いな感じがする。

「襲われたりしないか？」

「歓楽街を仕切っている顔役の鰐人族《がくじん》の親分の縄張りですので、襲われる心配はありません」

ルシアが説明をした。

日本の薄い本だと、庇護してやる見返りに身体を要求してきそうだが、そもそも鰐人族の美的感覚は人間や淫魔族と異なるし、あいつら卵生だから淫魔族と子作りなんてできない。

「こちらにどうぞ」

ローリエが案内したその先には、淫魔族の大人たちがいた。彼女たちは子どもを抱いているが、男女問わず皆がガリガリに痩せていて、年齢もよくわからない。

「小さな子どもに精気を送っているのです。人間や獣人でいうところの授乳ですね。子どもは快楽物質を生み出すことができませんから、大人の淫魔族が子どもに精気を送る必要があります。このセーフハウスでは、年長者から順番に子どもに精気を与える役目を負っています」

「精気を送るって、もう限界だろ」

「はい。ですが、そうしないと子どもが死んでしまいます。それに若い世代の淫魔族を残さないと種が途絶えてしまいますので。世間にはあまり知られていませんが、淫魔族の平均寿命は病気や怪我などに襲われなければ三十五歳――亜人族の中でも極端に短いのです」

淫魔族は全員若くて美男美女が揃っていると言われていた。

美男美女が揃っているというのは理解できたが、全員若いと言われる原因はそこにあったのか。

「はぁ……ローリエが俺に忠誠を誓った理由がわかったよ」

「どういうことです？」

ルシアが尋ねた。

「ルシアさん、あんたも俺から精気を吸ってみたらわかる」

俺はそう言って彼女に手を差し出す。

「え……ですが」

「陛下の仰る通りにしなさい」

戸惑うルシアだったが、俺とローリエの言う通り、俺の手を握り精気を吸った。

そして気付いた。

俺から精気を吸う時に快楽物質を送る必要がないこと。それでいて俺に全く苦痛を与えていないことに。

「淫魔族は五回までしか精気を吸うことができないが、俺相手だとその回数に関係なく、回数が尽きた者にも精気を送ることができる。ローリエは俺のことを淫魔族の食糧庫にしようとしているんだろう？」

「……はい、その通りです」

ローリエは俯き、肯定した。

彼女に必要なのは英雄王の肩書きを持つ俺ではなく、勇者の力を持つ俺だ。だから、四天王かつ種族の代表としての立場よりも、俺に名前を捧げることで、俺の臣下としての立場を優先させた。

俺が王の座を誰か別の者に譲ったときも傍にいられるように。

「いまは一週間に一度、ローリエに精気を送っている。だが、それを仲間の淫魔族に送ったところで、淫魔族全体の不足分の精気を賄うのは無理だろ？　この現状を俺に見せたのは、不足分の精気を俺に賄わせるためか？　悪いが俺は同情心で人助けするようなお人好しじゃないぞ？」

「……はい」

「それで、ローリエは、いや、お前らは対価となる代償を支払うことはできるのか？」

「それは……」

彼女たちには答えられなかった。

代償として、種族全体を守ってもらうために何を渡せばいいのか？

ここで下手な答えを出して、それが俺に受け入れられなければ救われない。

「そういえば、クメル・トラマンとサイショ・ムノダメの密会を報告してくれたのは淫魔族だったな。淫魔族はニブルヘイム王国中、いや、さらには人間の国にも潜入して暮らしている。その情報収集の力を俺のために使え。その情報に応じて精気を送る。とりあえず、前回の報酬としてここにいる全員に精気を送ることで契約としないか？」

「陛下、お待ちください。ここにいる全員に精気というのは、いくら陛下であっても――」

「不可能だと思うか？　俺は勇者だぞ」

それから一時間かけて、ここにいる淫魔族全員に精気を渡した。

精気って凄いな。

さっきまで子どもに精気を渡してガリガリに痩せていた淫魔族も肉付きが戻り生気に満ちている。

全員三十五歳前後らしいが、二十代半ばくらいにしか見えない。そして全員が美男美女だった。

その中でも絶世の美女と思われる女性二人が俺の両脇を固め、酌をしてくれる。

「陛下、ありがとうございます」

「あぁ、陛下が陛下でなければ、娼館で最大のサービスを致しますのに」

その最大のサービスというのは気になるが、しかしこうして美女たちに囲まれて酒を飲むのも悪くないな。

淫魔族の男性のうち何人かは既に自分の体内に溜め込んだ精気を王都の外の仲間に届けるべく、ここを発った。

俺が今回渡した精気があれば、淫魔族全体で分けても一年は生きていけるそうだ。

この場にいる淫魔族が己の運命が変わったことを知り喜んでいる中、一人元気のない者がいた。

俺に斬りかかってきた少年だ。

「さて、ロイといったか？　俺は寛大な人間だが、それでも王に斬りかかってきた者を無罪で許すことはできない。さっきローリエとルシアと話し合い、お前の処罰について決まった」

「どのような処罰でも受け入れます」

ロイはそう言って頭を下げた。

そして――

「おーい、アイナ！　宰相候補を連れて来たぞ！」

と言って、俺はアイナにロイを差し出す。

俺が考えた罰は、ロイを宰相候補生として働かせることだった。

ルシアが言うには、ロイは真面目で頑張り屋で、そして頭がいい。

唯一欠点があるとすれば、姉であるルシアのことになると短慮な行動をすること。

しかし明らかに格上である空気を出していた俺に斬りかかってきたあの胆力は認める。

「本当ですか⁉　わぁ、可愛い女の子ですね」

「アイナ様……私は男です」

「え？　でも、それ、メイド服ですよね？」

うん、まぁ、宰相候補にして馬車馬のように働かせるっていうのが俺の考えた罰だったんだが、ローリエとルシアが言うには、そんなのは罰にならないとのことで、何故かメイド服を着させて女装させることになった。

容姿が整った淫魔族だ。

女装をさせたら絶世の美少女ができあがった。

「……恥ずかしい」

「まぁ、頑張れ」

こうして、俺は優秀な宰相候補と、諜報の得意な淫魔族の忠誠心を得たのだった。

閑話　ローリエとシヴの女子飲み

ニブルヘイム英雄国の王城の中には魔王城時代から使われていた様々な施設が存在する。予算の無駄遣いのような施設の大半は閉鎖したが、城内で働く者の要望で残っているものもある。

兵舎の横にある高級酒場もその一つだ。

酒が飲みたければ、王都の大衆酒場に出た方が安く済むし、同じ金を払って飲むなら王都の高級酒場の方がサービスがいい。

そういうわけで、客もほとんど来ないから閉鎖しようと思ったのだが、一部幹部の要望で残ることになった。

ここの酒場のマスターはその仕事柄、契約魔法により守秘義務を徹底されている。

そのため、町の酒場でも零すことのできない愚痴を話すことができる。

そういう事情ならば仕方がないとジンも福利厚生の一環でこの酒場の存続を認めた。

「白竜の吐息です」

マスターがローリエの前に乳白色のカクテルを置く。

「ミルクのミルク百パーセント割りです」

マスターが乳白色の牛乳をシヴの前に置く。

「シヴ、今日はありがとう。私に付き合ってくれて」

「いいのです。シヴも酒場に来たかったのです」

シヴが牛乳の入っているグラスを手に言う。

「大人のレディーはバーでカクテルを飲むものだってアイナが教えてくれたのです」

彼女はそう言って牛乳を飲んだ。

唇の上の部分が白くなっていて、ローリエはカクテルを一口飲んで微笑んだ。

ちなみに、そのアイナは昨日バーに来てオレンジジュースを飲んでいったらしい。

シヴはミルクの入ったグラスを傾けて飲むが、少し物足りなそうにしている。

「マスター、美味しいお肉はあるかしら？」

「ザカマーツ産暴れ牛のフィレが入っております」

「じゃあ、それを焼いてくれないかしら？　二人分お願い」

「かしこまりました」

マスターがそう言って厨房に向かった。

彼は料理の腕もかなりのものだ。

キュロスにも引けを取らないほどに。

「ローリエ、肉食べないのになんで頼んだのです？」

「食べられないわけじゃないわよ？　必要としないだけで。今日はシヴと一緒にお肉が食べたい気分だったんだけど、ダメだったかしら？」

「ダメじゃないです！　シヴもそういう気分だったです！」

シヴがそう言って嬉しそうに尻尾をもぞもぞとさせる。

可愛らしいと思った。

「それで、ローリエ。話はなんなのです？」

「シヴに聞きたいことがあったの」

ローリエはそう言って、カクテルを飲む。

「なんなのです？　シヴが教えられるのは美味しいお肉の焼き方くらいなのですよ？」

「シヴはどうしてジン様に名前を捧げようと思ったの？」

「ジン様のことが好きだからです！　ずっと一緒にいたいです！」

「だから、その理由が気になるのよ。人が人を好きになるのは理由があるものよ？」

シヴのジンへの想いに疑いの余地はない。

だが、その理由がローリエにはわからなかった。

名前を捧げるというのはそれだけ重要なことだ。

ローリエは種族の未来を守るためにジンを利用することにした。

彼の信頼を得るために、そしてなによりジンと常に一緒にいるために名前を捧げることに決めた。

イクサは元々強さを求める武人であり、ジンの強さに傾倒し、名を捧げることに決めたのも理解できる。

だが、シヴは違う。

名前を捧げる意味もわからずにローリエに触発されて名前を捧げたのかと思ったが、しかし彼女と一緒に仕事をしてそうではないと思った。

シヴは一見すると天然でどこか抜けているように見えるが、彼女には一本通った芯のようなものがある。そしてその芯はジンを支えることにある。

何故、シヴはそこまでジンに忠誠を誓っているのか。

それを探るために、ローリエはこうしてシヴを酒場に誘った。

「……シヴ、話したくないです」

「どうした？」

「……シヴにとって、大切な思い出だからです」

思い出。

その言葉に、ローリエは恐らく過去、シヴとジンの間に何かあったのだろうと思った。

ただ、ジンはおそらくそのことを知らないとも思う。

ジンは裏でいろいろと考えて動くタイプの人間ではあるが、仲間と決めた相手に腹芸をするタイプでもないとローリエは思っていた。

まだ自分が信用されていない可能性は存在しても、シヴに対して知らないフリをする理由がない。

（シヴの過去について調べたら何か掴めるかしら？）

ローリエはそう考えてシヴを見たが、首を横に振った。

シヴが思い出と敢えて言ったのは、過去にジンと自分の間に何かあったことを伝えるためで、それは自分を仲間として信用しての台詞だとローリエは直感的に思った。

そのシヴの心遣いを裏切ることはできない。

いまはそれがわかっただけで十分だ。

「お待たせしました。フィレのステーキになります」

「美味しそうです！」

マスターがちょうどいいタイミングでステーキ肉を運んできた。

「いただきましょう、シヴ」

「はいです！　いただきます！」

ローリエは可愛らしい同僚の笑顔を糧に、ワインの入ったグラスを傾けたのだった。

第五話　金ってなんでなくなるんだよ

眩しい朝日がカーテン越しに差し込むのを感じながら、聞きなれた足音が近付いてくる気配に気づいた俺はゆっくりと覚醒をする。

コンコン、とノックをする音が響いた。

返事をするとメイドのモニカが音を立てずに部屋に入ってきた。

丁寧な動作で銀のトレーを持って近付き、そっと俺の前にカップを置いて、その場で紅茶を注ぐ。

「おはようございます、陛下。朝のお茶でございます」

元気なモニカの声に感謝の言葉を述べ、紅茶を飲む。

ティースプーン一杯分だけ入った蜂蜜の味が脳の栄養になる。

モニカの紅茶を淹れる技術もだいぶ上達した。

配属されたばかりの頃は技術が未熟なこともそうだが、緊張し過ぎて碌に仕事ができていなかったからな。

「モニカ、なんだかうれしそうだな」

俺が尋ねると、モニカは待っていたとばかりに頷いた。

「はい。私に後輩ができるんです」

おかしいな。

新人メイドを配属する予定はなかったはずだが。

「誰に聞いたんだ?」

「廊下ですれ違ったんです。私より年下のとってもカワイイ女の子でした」

「……………………………………………………あぁ」

思い当たった。

「モニカ、それはたぶん女の子じゃなくて男の子だぞ?」

「陛下は御冗談もお上手なのですね。あんなかわいい子が男の子なわけがないじゃないですか」

モニカは鈴を転がすように笑った。

冗談じゃなくて、たぶんそのメイドは淫魔族の少年のロイだろう。俺に刃を向けた罰を受ける代わりに女装を命じられている。

ただ、彼の仕事は宰相補佐であってメイドではないから、モニカの後輩にはならない。

残念ながら、彼女に後輩ができるのはもうしばらく先だ。

そういえば、ロペス元宰相を処罰するときに一部の家臣に褒章を渡したが、保留にしていた者がまだまだいたな。

その者たちに褒章を渡すついでに、モニカにも何かプレゼントしてやるか。

飴と鞭は必要だ。

「ご主人様、おはようございます」

「陛下、おはようございます」

執務室に褒章のことを相談するために向かうと、アイナとロイは仕事をしていた。

「おはよう、アイナ、ロイ。淫魔族は朝が苦手だって聞いたが大丈夫か？」

「はい。確かに朝は弱いですけど、配属されたばかりで甘いことは言っていられません」

「偉いが無理はするなよ。倒れられたら一番困る。それで少しは仕事に慣れたか？」

「はい！　でも、このメイド服は慣れませんね。特にスカートっていうのは足下がスースーします」

とロイはスカートの端をつまんでたくし上げて言う。

男物の下着——いや、短パンが見えた。

俺は少し視線を逸らす。

「……はしたないからやめておけ」

「え？　俺、男ですよ？」

「知っている。だから、変な性癖に目覚める者が現れたら困るんだ」

俺はため息をついた。

「ロイくんは優秀ですよ。教えたことは直ぐに吸収してくれます。会計とか任せてもいいくらいです」

「へぇ、そうか」

ルシアの言っていた優秀というのは身内贔屓《びいき》ではなかったんだな。

「あ、そうだ。俺が前に国庫の中に入れた財宝があるだろ？　あれを報奨金のために使いたいんだが、どのくらい残ってる？」

「全く残ってませんよ」

アイナが言った。

「はっ⁉　まさか城に泥棒が入ったのかっ⁉　それとも誰か横領を⁉」

国庫には各貴族からの貢ぎ物だけでなく、アイナが封印されていたダンジョンの財宝も山ほど保管していたはずだ。

「人聞きの悪いことを言わないでください、ご主人様。国の財政は破綻していたって言ったじゃないですか。戦争にもお金はいっぱい使いましたし、あとは借金を返済するために使ったんです」

「借金って、前魔王時代の借金を俺が支払う必要あるのかよ」

「支払い義務はありません」

ロイが書類を見て言う。

そうだろ？

だったら――

「ただ、四大種族の前代表が族長代理権限を使って連帯保証人になっていますので、その借金は四大種族の代表、イクサ様、ローリエ様、シヴ様、サエリア様が支払うことになっていました。また、借金は国債でして、その国債の返金に応じない場合を試算したところ国内の七十二の商会が破産。経済が本当に崩壊してしまいます」

それはダメだ。

くそっ、魔王の奴め、とんだ尻拭いを俺に押し付けやがって。

「取り急ぎ、必要な国債の返済に国庫のお金を使い事なきを得ましたが、まだ予断は許さないですね」

「ご主人様が願ってくれれば財宝を生み出しますよ！」

「それはダメだ」

俺はそう言って次元収納から取り出したおはぎをアイナの口の中に押し込んで黙らせる。

アイナの願いの力は本当に必要な時が来るまでは使わない。

「手っ取り早く金を稼ぐ方法はないかな」

「手っ取り早くお金を得るには税を増やすのが一番ですが、本当の意味で国がお金を稼ぐ方法は国を豊かにすることですよ、陛下。そうすれば税も増えてさらに国が豊かになる好循環に繋がります」

ロイの言っていることは正しい。

「ご主人様、私の封印されていた遺跡の魔物を狩ってましたよね？　バジリスクとかそういう魔物を換金すればどうでしょう？」

「あれはもう売っちまった。それでこの前の戦争の祝勝会に使った」

ガーラク砦の酒場の酒を全部買い取ったからな。

かなりの額が必要になった。

「目下の褒章のためのお金が欲しいというのであれば、ダンジョンに行くという手もありますね」

「ダンジョン？　いや、あれってあんまり儲からないぞ？」

ダンジョンというと財宝がわんさか眠っていて、一攫千金を狙えるイメージが多いが、実際のところは既に多くの冒険者によって財宝は奪われ、ただの魔物の巣窟になっている場所が多い。

魔物素材も売れれば金は入るが、しかし大半のダンジョンにいる魔物ってゴブリンとかコボルトが多くて、あいつらを倒して得られる金は少ない。そもそも、そういう害悪となる魔物の討伐報酬って国の予算の魔物対策費用から出ているはずなので、俺がゴブリンの討伐報酬を受け取ったところで、国庫から俺の懐に移動するだけで、むしろ冒険者ギルドの手数料分だけ損している。

「南の国有ダンジョンがありまして、そこは魔法晶石の鉱山になっています。狭い通路で少人数しか立ち入ることができず、中に現れる魔物も凶悪な種が多いため、採掘の費用対効果が見込めずほとんど開発が進んでいませんが、陛下の力と次元収納があればかなりの額を稼ぐことができると思います」

へぇ、それはいいことを聞いた。

なるほど、国有ダンジョンか。

そこに自由に出入りできるのはいいな。

「よし、早速シヴでも誘って行ってみるか」

ダンジョンに向かうことになった。

シヴを誘って二人で遊びに行くつもりでいたのだが、イクサもついてきた。

「イクサって暇なのか？」

「……陛下。俺は近衛兵長です。陛下が危険な場所に行くのであれば同行するのは当然でしょ」

イクサが呆れたように言った。

「え？　でもこれから行くダンジョンは国有ダンジョンだろ？　俺たち以外は誰も入ってないんだよな？」

「はい。普通のダンジョンと違って冒険者はいません」

だよな。

ロイに教えてもらったのだが、国有ダンジョンに無断で入ったらかなりの厳罰に処されるという。

「だったら安全だろ？」

「だから危ないんです」

俺とイクサの意見は正反対だった。

「何かあったときに発見が遅れます。遭難したとき、即座に救援に向かえる人員が限られますし」

「いや、逆だろ。ダンジョンで一番危険なのは魔物ではなく他の冒険者だ。財宝や金になる魔物は有限だ。その数少ない宝を奪い合うんだぞ？　特に発見されたばかりのダンジョンに潜る時は、騙し合い、殺し合い、仲間の裏切りなんて日常茶飯事だ。俺はダンジョンで死にそうな目にあったことが何度かあるが、原因はだいたい他の冒険者によるものだったぞ」

「冒険者と軍は違うです？」

シヴが首を傾げて言う。

「シヴの言葉が正しい。兵とは仲間同士が助け合い戦う。一人一人は強くなくても集団となれば巨大な力になる。俺も数相手には苦戦を強いられることがある」

「ジン様が負けそうになることは想像できません」

「いや、本当に数は脅威だぞ？　臨時パーティを組んだ冒険者に裏切られてレッドアントの巨大コロニーに閉じ込められたときはマジで死ぬかと思った。三日三晩眠気と空腹と戦いながら、レッドアントと戦い続けたんだ。女王蟻を倒しても一向に敵の猛攻は止まらなくてな。蟻の死骸を組んでバリケードを作り食事と仮眠を摂るスペースを確保するまでは地獄だったな」

冒険者になったばかりの頃は自重って言葉を知らずに金になりそうな依頼を受けては金にしていたからな。お陰で冒険者としての評価は上がったが、他の冒険者から妬まれた。

俺を罠に嵌めた冒険者たちには俺以上の地獄を見てもらったので、もう文句は言わないが。

「さて、ダンジョンに行くぞ。摑まれ」

俺たちは城、そして王都に張られた結界の外に出ると、転移魔法を使ってダンジョンがあるという場所に向かった。

山の中に入り口があり、兵士の詰め所が併設されていた。

兵は四人配属されているそうなので、交代で休んでいるのだろう。

見張りの男が二人いて、ゴブリン族の男が欠伸をして暇そうにしている。

地球と違ってスマホもないし、本も貴重なこの世界だと暇を潰す道具なんてあまりないだろうからな。

唯一の娯楽は、仕事終わりの食事と酒ってところか。

近付くと彼らも俺たちに気付いたらしい。

「何の用だ？」

「このダンジョンに用があってな。これが許可証だ」

「これ本物か？」

「ニブルヘイム英雄国の判子が押してあるだろ？」

「悪いが、魔王国の時の判子しか見たことがないんだよ」

あぁ、まだそのあたりの引継ぎが終わってないのか。

困ったな。

「ど、どうぞお通りください」

隣にいた猫獣人《ねこじゅうじん》の男が言う。

「おい、何を勝手に――」

「馬鹿、お前は黙れ」

「黙れって変な奴を通したら連帯責任で――」

「このお方は英雄王陛下だっ！　お前も魔王さ……魔王が打ち取られたときの映像を一緒に見ただろ！」

「あっ⁉」

ゴブリン族の男は気付いたらしく、姿勢を正して、

「申し訳ありませんでした！」

「いや、いい。職務に忠実な部下だとわかって安心した。ちなみに、中には誰も入っていないな！」

「はい！　猫の子一匹通しておりません！」

猫の獣人族がそう言った。


天然もののダンジョンは非常に歩きにくい洞窟のような場所だ。

エリアによっては這って進まないといけない場所もある。

ここは特に難所が多い。

「この崖を飛び越える必要があるか」

幅五メートルはある。

ロープを張った跡があるが、壊されている。

崖の底は見えない。

まぁ、俺とシヴなら落ちたところで簡単に登ってこられるが、こういう谷の底はガス溜まりになっていることが多い。

毒が平気な俺でも酸素がなければ一時間と動けないし、シヴとイクサの場合は下手したら死に繋がる。

「イクサ、飛び越えられるか？　難しいなら俺が抱えて跳ぶぞ」

「シヴは飛び越えられるです！」

シヴが大きく跳躍した。

九メートルは跳んだな。

たぶん、地球の世界記録を上回っている。

「問題ありません。このくらいならば可能です。重装備のまま堀を飛び越えるための訓練をしていますので」

イクサが勢いをつけて跳躍する。

六メートルってところか。

俺もちょっとした溝を飛び越える感覚で、崖を飛び越えてシヴの隣に着地した。

「さて、行くか」

「はい」

「はいです！」

三人でダンジョンの奥に行く。

広い道に出た。

こういう場所にはだいたい――

「来たぞ」

現れたのは巨大な蝙蝠の群れだった。

「ジャンボバットか。あれは高く売れるからちょうどいい」

「蝙蝠の肉はマズいです」

「ジャンボバットは肉じゃなくて羽の部分が錬金術の素材になるから高く売れるんだよ。だから羽は傷つけるなよ！」

俺はそう言って、人並みに大きな蝙蝠の首を斬り落とした。

シヴは俺に倣って綺麗に首を斬り落とす。

この戦いで一番苦戦したのはイクサだったな。

斬りかかったところ、蝙蝠が急に体勢を変えて羽を傷つけてしまいそうになって剣を引く場面が何度もあった。

冒険者として戦い慣れていない証拠だ。

このダンジョン探索、イクサにとってはいい経験になるかもしれないな。

コウモリの死骸は羽を落とした状態で次元収納に入れる。

胴体も収納するが、これはあとでしっかり燃やして埋めておこう。

そういえば、アイナに出会う前に殺した冒険者の死体もそのままだったので、そっちの火葬も済ませないとな。

「狩りは楽しいです」

「そうだな。堅苦しい王様の暮らしより俺はこっちの方が合ってるよ」

「ジン様、王様を辞めてシヴと狩りして暮らすです！」

一瞬、それも悪くないって思った。

イクサが隣にいるので口に出さないが。

「イクサは大丈夫か？」

「これはなかなか得難い経験です。近衛兵の鍛錬メニューに組み入れたら成果が出そうですね」

「ここに来るまでに崖を飛び越えられない部下が脱落するからやめてやれ」

「冗談ですよ」

イクサは笑わずに言った。

お前の冗談はわかりにくいって。

その後もダンジョンの奥に進む。

「この道は地図にはありませんね」

途中、地図にない脇道をイクサが見つける。

「まだ成長中のダンジョンなんだろう。生まれてから数百年間、ダンジョンは大きくなり続ける。そういう場所には新しく生まれた財宝が眠っているものだが、その分、発動したり解除されていなかったりと生きている罠もある」

「楽しそうです」

「危険なのでは？」

「そうだな。罠を発見、解除できるレンジャーもいないし、今日はパスだ」

そういうのはダルクが得意だったんだよな。

あいつ、大雑把な見た目の割に、細かい作業が得意だったりする。

きっと、白蟻が好物だからだろうな。

「レンジャーですか……確か、淫魔族の中には魔法を使って罠を感知することに長けた者が多いと聞きます。ローリエなら罠の探知も可能でしょう」

「そうなのか？」

この時間ならローリエも起きているだろう。

だったら――

「まさか、陛下に呼び出されたと思ったら、ダンジョン探索に国の王と最高幹部が三人集まっているとは誰も思っていませんよ」

転移魔法を使って連れてきたローリエが少し呆れたように言う。

「ははは」

俺は笑って誤魔化した。

日本で例えるのなら、総理大臣と警視総監と防衛大臣と外務大臣が全員揃って護衛もつけずに登山しているようなものだからな。

「罠の探知は可能です。私の得意分野ですわ」

ローリエが自信満々に言うので、俺たちは新しくできた通路を進む。

新しくできた通路はさらに狭い。

人ひとりがやっと通れるような場所もある。

「宝箱です」

シヴが宝箱を見つけて駆け寄るが――

「待て」

俺の言葉に、彼女は金縛りにあったようにピタッと止まった。

「ローリエ」

「はい。罠が仕掛けられていますね。解除致します」

ローリエの爪が伸びた。

その爪を鍵穴に、そして宝箱の隙間に入れて何か作業をする。

「これで大丈夫です。念のために私が開けますわ」

ローリエが宝箱の蓋を開けた。

宝箱の蓋の裏には火の魔法晶石が仕込まれている。

罠の解除もせずに蓋を開けたら炎が噴き出していたな。

このくらいの罠ならまだ発動させても問題ない。

「宝箱の中身は金貨袋か」

金貨には闇の世界の肖像画が描かれている。

この国で出回っている貨幣だ。

ダンジョンで見つかる貨幣は、何故かその国で流通しているものが出てくる。アルモラン王国のダンジョンでもこうして貨幣を見つけたが、やはりアルモランの貨幣が見つかった。

それらの金は贋金ではなく、しっかり国内で使える。

日本の紙幣と違って、この世界の貨幣はその金属そのものに価値があるからな。

「ローリエ、この宝箱の中に入っている火の魔法晶石も取り外してくれ。いい金になる」

「かしこまりました」

「罠は解除されているとはいえ、慎重にな」

ローリエが火の魔法晶石を取り外した。

なかなか純度が高い。

この品質なら売り払わずに国で使った方がいいだろう。

どうせ冒険者ギルドに売ったところで、このような高純度の魔石は国が買い取ることになるから手間賃が増えるだけだ。

ただの冒険者だったころは、売った素材の行先なんて考えたこともなかった。

王になると、ダンジョンに潜っていてもこういう面倒事も増えてくる。

本当に王の立場が邪魔だ。

ただ、ローリエとイクサの立場もある。

今すぐ王の座を退位するわけにはいかなくなってきた。

「ジン様、もっと宝箱見つけるです！　元気出すです！」

「ああ、宝箱の中身に文句があるわけじゃないんだ。それより、この先に強い敵の気配がするぞ」

「敵のにおいがするです。いっぱいいるです」

シヴも気付いていたか。

イクサとローリエはまだ気付いていなかったようだな。

「さて、元々強い敵が出てくるダンジョン――その最深部の魔物だ。何が出てくるかな」

ダンジョンを進む。

この先に広い空間があった。

そこには小さい蛇がウジャウジャしていて、その中心には双頭の巨大な蛇が眠っていた。その蛇も俺たちに気付き、顔を起こす。

無数の蛇がこっちに近付いてきた。

この数は厄介だな。

極大魔法で殲滅したらダンジョンが崩壊しかねない。

「雑魚は任せてくださいませ！」

ローリエはそう言って胸元から扇子を取り出して開くと大きく振るった。

すると、こちらに向かって来た小さな蛇が突然動かなくなる。

あれは眠りの魔法か。

淫魔族は状態異常の魔法が得意だというが、この範囲の蛇を眠らせるのはさすがだな。

ただし、中型の蛇、そして双頭の蛇には効果がないようだ。

「シヴ、中型の蛇はお前に任せていいか？」

「任せろです！」

シヴが中型の蛇に向かっていく。

「イクサは右、俺は左でいいな」

「はい」

俺とイクサは双頭の蛇に挑む。

迫ると蛇が毒液を飛ばしてきた。毒は俺には効果がないが――

「かっ！」

気合いを入れた覇気で毒液を吹き飛ばすと、左蛇の目に剣を突き立てる。

左蛇は頭を動かし俺を振り払おうとしたので、俺は剣を突き刺したまま飛びのいた。

「立派なアクセサリーのできあがりだな。なんならもう一本プレゼントしようか？」

鋳造物の安物の剣だ。

いくらでも――とは言わないが、予備は十分ある。

ボスの蛇はそこそこ強い。

周囲の雑魚蛇、中型ボスの連携、そして大型ボスの強度。

しかし、ローリエの魔法が、シヴの機動性が、そしてイクサの一撃の力がうまく機能している。

俺がいなくても倒せるレベルだ。

ここにサエリアの広範囲の魔法の威力が加われば――なるほど、いいメンバーが集まっている。

もしもあの時、魔王と一対一の戦いではなく、イクサと先代の四天王三人が加わり、五対一の戦いを強いられることになったら、コアクリスタルの力がなくても少し危なかったかもしれないと思えるほどに。

「感慨深く思っているときに襲い掛かってくるな」

片目をやられて突っ込んできた蛇の首を斬り落とす。

このボス戦、せっかくだから仲間の強さを見るために俺は最低限手を出すつもりだったが、つい首を落としてしまった。

「イクサ、そっちはやれるな！」

「はい！」

ローリエは、眠っている蛇を一匹一匹丁寧に槍で突いていってるな。

じゃあ俺は、中型の蛇でも倒すか。

シヴ――

「はいです！」

「残りの中型の蛇は七匹いる。どうだ？　また勝負するか？　どっちが多く倒すか」

「するです！」

「前はルールを明確に決めていなかったからな。今回は致命傷を負わせた数ではなく、首を落とした数で決めるぞ！」

「わかったです！」

「そうだな、俺に勝てたらちょっとしたご褒美を考えよう」

「結婚です！」

「結婚はしない」

「うぅ……」

「その代わり俺の美味しい肉料理をご馳走してやろう」

「勝つです！」

「負けたら、そうだな……シヴの尻尾を好きなだけもふもふさせてもらおうかな？」

「え……勝つ……です！」

シヴ、いま負けてもいいって考えなかったか？

俺とシヴの再戦が始まった。

シヴの足は速いが俺ほどではない。

だが、それでも俺と勝負になるのは、野生の勘というかその動き。

的確に最短距離で相手を追い詰めるその力は狩猟の本能とでもいうべきか。

しかも、彼女は全体の動きを把握し、敵がどの方向に逃げるか、どの方向に襲ってくるかを直感的に理解している。

もしも彼女がその直感を本能だけでなく理性でも認識し、言葉に表すことができたのなら、有能な軍師か副官になれただろう。

「勝負はシヴの勝ちです！」

「いや、最後の一匹にトドメを刺したのは俺だろ！」

明らかに俺が先に蛇を真っ二つにした。
○・○三秒遅れてシヴが攻撃を加えた。
さすがに今回は——

「ジン様が斬ったのはお腹です！　首を落としたのはシヴです！」

「あん？」

よく見る。

蛇が三つにぶつ切りになっていた。

胴体を真っ二つにしたのが俺。

首を斬り落としたのがシヴだ。

なるほど——首を斬り落とそうとしたら、〇・〇一秒足りないと踏んで先に胴体を斬り落としたのだが、シヴの奴、ルールをちゃんと理解していたか。

「はぁ、負けだ。くそっ、なんで俺から蛇が逃げていくんだよ」

「陛下の殺気、強すぎるです。蛇が逃げるの当然です」

「あぁ、気配を消すってやつか。戦う前ならなんとかできるが、戦いながら気配を消すとか無理だろ。深呼吸しながら息を殺すようなもんだぞ」

「必要なときだけ気配を出して、あとは消すです」

「理屈はわかるんだがな——」

気配を出したり引っ込めたりって、意識的にできるがどうしても戦いのときは出しっぱなしになってしまう。

「まさか、ジン様が負けるとは思いませんでした」

ボス蛇を倒してきたイクサが言う。

「狩りの腕は互角だよ。シヴは俺が出会った獣人族の中でも五本の指に入る腕前だ」

「一騎打ちでは絶対に勝てないです！」

シヴが言う。なんでそこでドヤ顔になるんだ？

「だいたい、こっちから賭けを提案して勝負する場合は、相手と勝負になると思っているか、もしくは相手をカモにしたいと思ったときだけだ」

余興で勝負をするときは、腕相撲の準備をして「俺に勝ったら金貨十枚やるぞ！」なんて言って、相手が負けたときの要求は特に何もしない。

いつも盛り上がる。

いろんな意味で目立つので王都の冒険者ギルドではやらなかったが、初めて行った町の冒険者ギルドでやれば、一気に名を売ることができるし、何よりその冒険者ギルドの冒険者の力を把握することができる。

最初の頃はレスハイム王国からの追っ手にビクビクして隠れて過ごしていたからそんな風に目立つことはできなかったけれど、ある程度自分の力を把握して、どれだけレスハイム王国の刺客が来ても返り討ちできることに気付いたら、怯えて暮らす必要もなくなったからな。

むしろ、こうして目立った方が割りのいい仕事も見つかるし、変なタイミングで目立って嫉妬されることもなくなる。

「では、俺との一騎打ちに何も賭けなかったのは……いえ、そうですね」

悪いが、コアクリスタルの力を使わなくてもイクサ相手なら片腕で倒せるくらいの力量差があった。

まぁ、あの時はたとえ互角の戦いであっても賭けは必要なかっただろう。

俺に勝てたら王の座を譲ってやるところだったし、俺が勝ったら王の座を押し付けるところだった。

「みなさん、この蛇たちを倒すの手伝ってください！　目が覚めてしまいます！」

「ああ、そうだな」

一番時間がかかったのは、蛇を殺して回収する作業だった。

放っておけばいいのではって？

この蛇は解毒薬の原料として優秀な素材だぞ？

これらを捨てるなんてとんでもない。

「ん？　ここは？」

「ここは奥の魔法晶石の採掘場のようです。どうやら、新しくできた通路は採掘場への近道だったみたいです」

イクサが地図を見て言う。

なるほど、これは助かった。

「よし、みんなで採掘して持って帰るぞ。七割は国で保管して、三割は商会に流す」

俺はそう言って、ピッケルを人数分、次元収納から取り出してみんなに配った。

まだ属性の込められていない魔法晶石は加工されて属性を付与された後、様々な魔道具を動かす素材になる。

そして高値で売れる。

これだけ採掘すれば、きっと巨万の富が手に入るだろう。

これでみんなにボーナスを払うことができるぞ！


「陛下が自由に使える余剰金は既にありません！」

今日もまた、メイド服宰相補佐のロイくんがそんなことを言ってきた。

緊張感の募るガーラク砦に陣中見舞いとして酒と食いものでも振る舞ってやろうと国王用余剰金――つまり俺が自由に使えて、領収書も必要のないお小遣い予算からお金を引き出そうとしたところで、ロイに言われた。

「なんでだ！　冒険者ギルドには魔物素材を大量に売ったし、商会にも魔法晶石をあれだけ売ったからかなりの額になっていただろ？」

魔法晶石を商会に売った金は、これまで不当に給料を貰えなかった家臣に褒章という形で送ることにした。アイナに試算を出してもらったが、あの魔法晶石を商会に売った額の半分で十分足りる数字だったはずだ。

ちなみに、その試算を出してくれたアイナは、現在、机に伏せて死んだように寝ている。俺が取ってきた魔法晶石の使い道について、商人に売る以外の分の割り振りを昨晩遅くまで各部門の代表と話し合っていたからだ。

魔法晶石の使い道が色々あるのは知っていたが、まさかあそこまで取り合いになるとは思わなかった。先に三割商会に売っておいてよかった——と思ったのだが、その余剰金がなくなった。

「支払わなかった給金でいえばそれで足ります。ですが、不当に昇給を見送られたり減給処分となったり、さらには罰金を命じられていたケースが八百七十二件ございましたのでそのお金は全部使い切りました。陣中見舞いであるのなら、国庫からお金を引き出しますが——」

「……国庫の金を使うと、領収書の提出とか面倒だし……経理に新しく配属された兎獣人《うさぎじゅうじん》のおばちゃん、めっちゃうるさいだろ？　領収書の日付が抜けてるとか、判子がないとか」

「はい。お陰で不明瞭だった経費の流れが明確になり、不正も大きく減りました。陛下も気に入ってるんでしょ？」

「それはな。国王だからって経費を好き勝手使っていいわけじゃないからな。国王を相手にしてもあれだけハッキリと言える胆力には舌を巻く。ただ……国王が経理部で注意されて謝って領収書を書き直す姿はあまり部下に見せたくないんだよ」

「だったら、酒や食べ物を家臣に買いに行かせればいいのでは？　それなら領収書の管理は彼らがしてくれます」

「……俺の思い付きに部下を振り回すのも気が引ける」

「陛下は……私やアイナ様には気兼ねなくなんでも言ってきますのに。それは嬉しいんですけどね」

　ロイが照れるように言う。

　非常に女の子っぽい——少年だけど。

「ロイ——金になる国有ダンジョン、他にないか？　多少遠くても転移魔法で行くから大丈夫だ」

暇なときはダンジョンに潜って金を稼ぐのが俺の日課になった。

第六話　種族のしがらみほど面倒なものはねぇ

ガーラク砦の戦いから、二ヵ月が経過した。

「陛下。ただいま帰還致しました」

「ご苦労だったな。よく無事に戻ってきてくれた」

サエリアがガーラク砦から帰還した。

別に戦争が終わったわけではないし、いつガーラク砦が攻められるかわからない状態であるのだが、魔法師団の団長である彼女が帰還したのは政治上の理由だ。

彼女の役割は、ダークエルフ族の代表であると同時に、ダークエルフ族を支配する上での人質であり、そして英雄王夫人候補である。

二ヵ月とは言え、戦争が膠着状態に入った今、そのサエリアが常に前線に配置されるのはダークエルフ族として良くないことらしい。

四大種族の族長は全員が公爵位を持っている。

その公爵からの要望――いや、もはやクレームと言ってもいいほどの圧力。

英雄王である俺が否と言えば、サエリアをそのままガーラク砦に配置することもできたが、しかし俺はそれを拒まなかった。

アイナもロイもそれを良しとしなかった。

国内融和を優先するのなら、ここで四大種族の一つと事を構えるのは決して良くないとのこと。

転移魔法を使えばいつでもサエリアを前線に送り返すことができるからな。

「それで、せっかく来てもらったんだ。直接前線の様子を聞いてもいいか？」

「はい。と言っても、特段異常事態は起きていません」

サエリアは周囲に目配せを行う。

「長い遠征で疲れているだろ。食堂で話すか」

「ご配慮感謝します」

護衛としてイクサも同席をし、サエリアと二人で食堂に移動する。

「それで、どうだったんだ？」

「はい。まず、ジン様のご配慮のお陰で、人間族の傭兵は命を落として囮役をやってのけた種族という評判が広がり、その後配属された人間族の冒険者も受け入れられています。とはいえ、トラコマイ殿の采配により重要地点への配属は行われていませんし、一つの場所にまとめて配置することもしていません」

「それはよかった。戦争中は人手が足りないからな」

遊ばせておく人員はない。

人間族の冒険者の謀反をもみ消した甲斐があった。

「それ以外は？」

「特筆するべきは。敵も全く動いていません。不気味なくらいに。とはいえ、各敵砦への補給は続いているようでして――」

「そうだよな。初戦の敗北もレスハイム王国にとっては致命的な敗北とは言えない。ここで時間をかける意味がわからない。何を企んでいるのか――」

敵の三つの砦付近はかつての魔王軍の侵攻により、植物の育たない不毛な大地になってしまい、食糧や水は他の地域からの補給に頼らなければならなくなり、膠着状態はレスハイム王国にとって大きな痛手となるはずなのだが、それでも彼らが軍をその場に留めておくには何か理由があるはずだ。

「こちらから攻めるのも難しいんだよな」

先ほども言った通り、敵の三つの砦は食糧の自給が困難であり、そこを占領したところで維持が難しい。

もしもこちらから討って出るとなると、三つの砦を全て攻めた後、その先にある要塞都市ヨージュまで侵攻しないといけなくなるが、生憎こちらにはそのような戦力はない。

レスハイムも当然それは知っているはずだ。

「ガーラク砦に戦力を集めさせておいて、他から攻めてくる可能性が――」

「陛下、失礼します」

ローリエが食堂に入ってきた。

「どうした?」

「少し気になる情報がありまして、ご報告を――」

「言ってくれ」

「レスハイム王国の使節団がモスコラ魔王国に向かったとの報告がございます」

「はっ⁉　モスコラ魔王国⁉」

モスコラ魔王国といえば、魔王サタナブルスの嫡子が新たな魔王となって建国された土地。言うなれば、人類の敵であった魔王の後継者とも言える。

そんな仇敵相手に使節団だって？

まさか、ニブルヘイム英雄国を潰すために手を組むのか？

呉越同舟にも程があるだろう。

「その情報は確かか？」

「各地の情報が届いています。どうもレスハイム王国が大々的に宣伝しているようで」

「モスコラ魔王国とレスハイム王国が手を組むとか――それが事実なら、ほぼ世界の半分を敵に回しているようなもんだな――いや、手を組むかどうかはまだ決まっていないのか。なら、手を組まれる前にこっちから使者を送ってみるか？」

「ジン様は現魔王の親の仇ですよ？」

「無理だよな、やっぱり」

あの二国が手を組むとなると、危ないのはモスコラ魔王国の横の大森林か。

あそこはダークエルフの領土だったよな。

「……陛下、一つ相談が」

「なんだ？」

「父――ダークエルフの族長が、陛下は今年の祝芽の儀には来られるのかと」

「祝賀？　魔王国はもう新年なのか？」

「祝賀ではなく、祝芽です。大森林の世界樹の芽吹きを祈っての儀式で、毎年この時期に闇の精霊に祈りを捧げるのです。先代の魔王も何度か訪れておりまして――」

「視察に関する伺いは何度か手紙で貰っていたな。アイナに相談した結果、戦時中に動くことはできないから断る方向で進めていたが――」

しかし、モスコラ魔王国とレスハイム王国が手を組む以上、大森林の情勢を把握しておく必要がある。

一度様子を見に行くか。


大森林の端に到着した。

大森林と聞いて、アマゾンの熱帯雨林等の壮大な森をイメージしていたのだが、むしろ日本の山に近い。

とはいえ、この世界に来てから砂漠の国アルモランに長いこと住んでいたし、ニブルヘイム王都の周辺にも森は存在せず、遠征をしなければこういう木々に触れあうことはなかった。

本当は俺とサエリアだけで十分だったのだが――

「ずっとお留守番はイヤです！　宰相の仕事はロイちゃんができますから私も一緒に行きたいです。

連れて行ってくださいご主人様」

　と口の端におはぎの餡子を付けながらアイナが要望してくるものだから断り切れず、護衛も連れずに行くとダークエルフから侮られるという理由で、イクサも一緒に来ることになった。

　シヴも一緒に来たいと言ったのだが、ダークエルフの歓迎の宴に出る食事に肉類が一切出ないこと、堅苦しい食事になることを伝えるとシヴが苦い顔をして同行を断った。

「森全体を結界が包んでいるのか？」

「はい。この周辺は時折瘴気が出るので、その瘴気から森を守っているのです。それと、結界の中では魔法を使わないようにお願いします」

「全部の魔法？　治療魔法もか？」

　火魔法とかだったら引火の可能性があるとか、風魔法で森林伐採されたら困るとか理由があるのはわかるが、魔法全て使えない？

「大森林の中は多くの微精霊がいらっしゃいます。特にジン様の魔法は強力ですので」

「微精霊か」

　精霊には闇の精霊や火の精霊といった力を持つ存在とは違い、まだ力のない微精霊という種類がいる。

　ただ、微精霊はそのままでは何の力もないが、魔法の力と合わさることで小精霊へと生まれ変わる。その時に魔法に干渉を及ぼし、簡単にいえば魔法を暴発させることがある。

　かつて微精霊のたまり場で火魔法を使って全身火だるまになった魔術師を見たことがある。

微精霊の魔力の暴発……元の世界に戻るために足りないエネルギーを微精霊の暴発を使って補えないだろうか？

いや、リスクが大きすぎる。

微精霊の干渉の制御はこの世界の中で長年の研究課題であるが、失敗の歴史でもある。下手に転移系の魔法で暴発させたら宇宙空間までぶっ飛ばされる可能性だってある。

そうなったら勇者の力があってもコアクリスタルの力があっても死んでしまう。

「アイナ、気を付けろよ」

「問題ありません！　魔神ですよ！　微精霊の暴発で負けるほどやわじゃありません！」

「勝てるとかの話じゃないから」

本当にわかっているのか？

とにかく、四人で結界の中に入る。

その途端、空気が変わった。

「これは……凄いな」

薄い膜のようなものが身体を包み込むのを感じる。

微精霊のたまり場に足を踏み入れたときも感じたが、その時よりも遥かに暖かい。

そうか、結界は瘴気の侵入を防ぐだけじゃなく、微精霊を貯めておく力も有しているのか。

「ジン様、どうなさったのです？」

「イクサは何も感じないのか？」

「はい。特には」

イクサが不思議そうに頷く。

「微精霊を感じ取れる者は稀です。私はかろうじて感じ取れますが、ダークエルフの中にも微精霊の存在を感じ取ることができる者は少ないですね」

そういうものか。

アイナは感じ取れたのだろうかと思って振り返ると、

「いたい、いたい、やめてください！　私は敵じゃないです！」

なんかアイナの周りに光の粉のようなものが付着していた。

「アイナ、なんだそれ」

「微精霊が私の魔力を異物と感じて攻撃してくるんです！　やめてください！」

アイナが必死に光の粉のようなもの——たぶん過剰反応している微精霊——を振り払おうとするが、振り払うたびに増えている気がする。

なんかかわいそうになったので、俺が手で振り払ってやる。本当に粉みたいにパラパラと剥がれて消えた。

「一応全部落ちたな」

「大丈夫です……結界を通ったときだけで完全に中に入ってしまったら攻撃してこないと思います。次来たときはもう一度攻撃されると思いますが」

アイナが涙目のまま言って、そして俺に言う。

「ご主人様、どさくさに紛れてアイナの胸とお尻をさわりましたよね」

「どさくさもなにも、触らないと振り払えなかっただろうが」

何をバカなこと言ってるんだ。

「いいですよ、別に。アイナは身も心も魔力もご主人様のものですから。でも、触るときは一言言ってほしいです」

「じゃあ、一言、いまからお前の頭をぐりぐりするから大人しくしてろよ」

「やめてください、暴力反対です！」

アイナとじゃれ合いながら、森の奥へと歩いて移動する。

足元はアスファルトや砂利みたいなわかりやすい道ではないが、しかし草や木の根も生えていない非常に歩きやすい道だ。

僅かに土が盛られているようで、これなら雨が降っても道に水が溜まることはないだろう。

唯一の欠点があるとすれば、人にとって歩きやすい道というのは魔物にとっても同じということで、よく魔物と遭遇する。

俺とイクサが剣で、サエリアが弓矢で戦う。

尚、アイナは煩いくらい声援を送ってくれた。

倒した魔物は次元収納に入れる。

アイナに聞いたところ、次元収納は魔法ではなく能力らしいので使っても問題ないらしい。

能力と魔法の違いはよくわからないが、そういえば勇者としての知識の中にも次元収納は能力とあった。

「ここの魔物は弱いですね」

「強い魔物は瘴気がなければ生きていけないからな。むしろ野生の動物の方が危険かもしれない」

さっきからずっと、木の上で猿がこちらを見ている。

手を振ると少し遠ざかり、そこからもこっちを見ている。

「手癖猿《てくせざる》ですね。ジン様の仰る通り、油断していたらなんでも盗んでいきます」

「食べ物以外もか？」

「はい。大切なものを盗まれたダークエルフが食べ物と交換して取り戻したことがありまして、それから手癖猿はなんでも盗めば食べ物と交換してもらえると学習したみたいで――特に髪飾りとか弓などは危ないです」

手癖は悪いが知恵は回るのか。

一番危険なのはアイナだな。

結構高そうな装飾品を身に着けている。

「アイナ、気を付けろよ」

「ご主人様、アイナを見くびり過ぎです。私でも猿如きに後れをとったりはしません。それに、あんな見え見えな場所にいたら、油断のしようもないじゃないですか！　気配だって全然消せていない――あいたっ！」

「だから気を付けろって言ったのに」

前にいる猿は囮で、後ろにいる気配を消している猿が本命だ。

アイナの頭の上に着地し、髪飾りを奪っていった猿に向かって石を投げた。

投げた石は猿の右前脚に命中し、奪った髪飾りを落とすことに成功。

落ちた髪飾りを拾う。

「ほら、今度は盗まれるなよ」

「大森林、怖いです。猿は大嫌いです。ご主人様、この森の猿を全てレスハイム王国の城の中に転移させろってアイナに願ってください」

「それは少し面白そうな気がするが、そんなことに願いを使わない。大人しくしてろ」

俺はアイナに髪飾りを着けながらそう言った。


大森林を進む。

大森林というだけあって、森は非常に広い。

サエリアが言うには半分くらい進んだらしいが、もう夜になってしまった。

「近くに川もあるし、今日はこの辺りで野宿だな」

「では、野営の準備を――」

「必要ない」

周囲を確認する。

この辺りが開けていていいな。

「サエリア、穴を掘ってもいいか？」

「はい、構いません」

剣を抜く。

「はっ！」

気合いを入れて地面に剣戟を放つ。

魔力を纏わせずに斬るのは久しぶりだが、なんとか綺麗に穴を開けることができた。

「お見事です。しかし、穴を掘って何に使うのです？」

「さすがに下水管まで持ってこられないからな」

俺はそう言って、次元収納からそれを取り出して設置した。

家を。

「俺の自宅三号だ」

「家を次元収納に⁉」

「この世界に召喚されて最初の頃は逃亡生活だったから森の中で移動しながら生活していたんだ。最初の頃は洞窟とか見つけて暮らしていたんだけど、魔物の巣だったりして危険な目にあってな」

勇者の力と知識を最大限に利用して家を作った。

自宅一号は丸太を組んで作ったログハウス。

魔法を使って伐採した木を乾燥させるのがコツだった。

自宅二号は粘土から煉瓦造りに挑戦してみた。

屋根の部分を丸く作ることができたときは達成感があった。

そして、これが自宅三号。

危ない魔物がいる森の中で安全に暮らせるように強度を意識した。

「煉瓦の家ですか？」

「基本は岩だよ。めっちゃ硬い大岩があってな。それを剣でくり抜いて作った。その周囲を煉瓦で囲って普通の家っぽくして、中は木で装飾した」

「これは、カッタイワですか⁉　ダイヤモンドにも匹敵する硬度の岩をくり抜いたなんて……」

「勇者の力はここまで非常識でしたか……あ、失礼しました」

イクサとサエリアが感想を言う。

「まぁ、空気が中にたまって換気が難しいから、あくまで動物や魔物がいる場所での野宿用の家だよ……」

とくにアルモランでこの家を建てたときは地獄だったな。

熱が中にこもって、蒸し焼きにされるかと思った。

「中は明るいんですね。これは照明石ですか？」

照明は光を放つ魔法晶石の一種だ。魔力は石の中に内包されているので微精霊に影響を及ぼす心配はないだろう。

高価な石だが、ドラゴンを退治して大金を得たときに奮発して纏め買いした。

照明、水回り、寝具は自宅を構成する上で安全性と同じく必要な三大要素だからな。

「じゃあ、飯にするか。サエリアはいつもサラダとか果物を食べているが、パンも食べていたよな」

「肉が食べられないわけではありません。ダークエルフの里では、基本は木の実や山菜などを食べていましたが、時折、狩ってきた魔物や獣を食べることもありましたので」

肉や卵を食べないのはダークエルフの風習ではなく、サエリア自身の好みの問題だったのか。

でも、せっかくだし、野菜料理に挑戦しよう。

「イクサ、悪いが薪を拾ってきて火を熾《おこ》してくれないか？　俺はいつも魔法で火を熾していたから火打石の使い方がわからないんだよ」

「かしこまりました」

「では、私は水を汲んできます」

「次元収納の中に大量に入っているから水は要らないよ」

水も魔法で作れるんだが、味気ないんだよな。

冒険者として各地をまわって、美味しい湧き水を見つけてそれを容器に入れて次元収納に入れている。

「でしたら、私たちは周囲の警備を――」

「この家を壊せる獣や魔物がいないと思う。それに気配で周囲に人がいたらすぐにわかるから心配ない。暇だったら本でも読んでいるか？　数は少ないが魔導書もあるぞ。別の国の魔導書は滅多に手に入らないだろう？」

俺は次元収納から本を取り出して、空の書棚に並べていく。

「ありがとうございます」

集めていた本は元の世界に戻る手がかりになるかもしれない魔導書や魔道具関連のものがほとんどだ。

あとは、冒険譚だな。こっちはほとんど趣味の本だが。

「えっちぃ本はないのですか？」

「そんなもんはない」

アイナがバカなことを言うが一蹴した。

この世界の神話にも神様同士のそういう行為が記されている部分があるが、それをエロ本と言ったら怒られそうだな。

「さて、飯を作るか」

熱した鉄板に生地を流して焼く。

「よし、完成したぞ！」

「とてもいい匂いですね。食欲がそそられます」

「見たこともない料理です。これがジン様の故郷の料理ですか」

「美味しそうです。ご主人様、食べていいですか？」

できたのはお好み焼きだ。

イクサとアイナは豚玉——じゃなくて、猪玉《いのたま》モダン。

サエリアの分は卵を使わず、代わりに豆乳と豆腐を入れて焼く。

俺のお好み焼き用のソースはトマト、にんじん、りんご、あと砂糖を混ぜて作ったものなのでサエリアでも食べられるはずだ。

「この白い液体はなんですか？　サエリアのものにかかっていないのを見ると牛乳でしょうか？　それに上に乗っているのは木くず……ではないですね」

「マヨネーズだ。牛乳じゃなくて、卵と酢を混ぜて作っている。木くずみたいなのは魚節だ。俺たちの世界ではカツオという魚を干して乾燥させたものを削っているんだが、カツオがないから別の魚を代用して作った。出汁《だし》にも使えて便利だぞ」

俺はそう言って、箸でお好み焼きを切って食べる。

うまいな。

俺が食べたのを確認し、皆も食べた。

その笑顔を見れば感想を聞かなくてもわかる。

この世界に来て自分以外の誰かのためにお好み焼きを作るのは初めてだが、皆の反応を見ると好評なようだ。

今度、シヴにも作ってやるか。

「ん？」

「ジン様、いま――」

「気配が近付いてきたが、すぐに遠ざかっていったな。種族はわからないが、魔物や獣の類ではないと思う」

さすがにいまから夜の暗い森の中を走って追いかけるのは不可能か。

「もしかしたらダークエルフでしょうか？」

「かもしれないな。それならそれで別にいいや。デザートに果物あるから食べよう」

「ご主人様、アイナはおはぎがいいです！」

「わかったよ。そろそろ在庫がなくなりそうだし、もち米と小豆を取り寄せないといけないな」

デザートを食べ終わり、寛いでいると早速反応が。

「アイナは中にいて鍵をかけて待っていろ。ただし、夜明けまでに俺たちが帰ってこないか、もしくは身の危険を感じたら転移魔法を使って城に帰ってくれ、お願いだ」

「わかりました」

アイナが頷く。

「恐らくダークエルフの里の者だと思いますので、危険はないと思いますよ」

サエリアが言った。


そして、家から出たところで、俺たちは気付いた。

森の奥から火の影が見える。

「サエリア、ダークエルフは森の中で、松明を使って移動するのか？」

「いえ……森に引火する可能性があるので、松明を使うことはありません。使うとしてもランタンだと思います」

だが、遠くに見えるのは明らかに松明の火だ。

その松明の火は段々とこちらに近付いてきた。

そこで俺は敵の正体に気付く。

「レスハイム王国の兵だ」


レスハイム王国の兵がここにいるってことは、モスコラ魔王国を越えてきたってことか。

モスコラ魔王国とレスハイム王国が手を組んだというのは事実ということか？

だが――

「ジン様、ここは危険です。一度下がりましょう」

「いや、倒そう。あの程度の人数なら俺たちで殲滅できる。幸い、ここは結界の中だ。通信の魔道具も使えないから救助を呼ぶこともできない。それに、敵の目的を知るチャンスだ」

敵の数はざっと三十人ってところか。

小声で作戦を伝える。

「イクサ、お前は森の中を通って敵の背後に回り込め。サエリアは木の上にあがり、弓矢で俺を援護。五人前後、生かして捕らえるぞ。手足は折って構わない」

「「はっ」」

と作戦を開始しようとしたところで、

「待て」

俺は二人を止めた。

「気配が近付いてくる。数は同じくらいだが、手練れが多い」

「……っ⁉　敵の増援でしょうか？」

「いや、移動の仕方が森に慣れている気がする。恐らく――とにかく、作戦変更だ。正面から敵を迎え撃つ」

俺は無限収納から大盾を取り出した。

「サエリアはイクサの後ろに。イクサ、これを構えてサエリアを守ってやれ。相手がいきなり矢を射てこないとも限らない」

「ジン様の分は？」

「俺に矢が通用すると思うか？」

「言ってみただけです」

イクサはそう言って笑った。

そして、敵が来た。

「貴様ら、ダークエルフが一人交じっているが何者だ⁉」

小隊の隊長らしい男が大声を上げた。

「我々はダークエルフの村に向かう行商人です。皆様こそ一体何者ですか？」

自分で言っておきながら、大根役者丸出しの演技だと思う。

そもそも、ここで千両役者の演技を見せたところで、

「嘘を吐け！　荷馬車もない上に、そんな剣や大盾を持った行商人がどこにいる！」

とまぁ、装備品でバレバレなわけだが、問題はそこじゃない。

「嘘ではございません。その証拠に、皆様にお見せしたい商品があるのです。よろしいでしょうか？」

「そこから動くな」

「動かないのはいいですが、警戒するのは俺たちで本当にいいんですか？」

俺がそう言うと、レスハイム王国の兵たちに大量の矢が降り注いだ。

兵たちの悲鳴が上がる。

むっ、これはマズいな。

このままだと敵兵が皆殺しになってしまう。

俺たちは敵の隊長の前に跳んでいき、矢を剣ではじき返しながら言った。

「俺はニブルヘイム英雄国の王、ジン・ニブルヘイムだ。ダークエルフの兵諸君、攻撃はそこまでだ！　こいつらは生きたまま捕らえる！」

「なっ、英雄王――」

敵兵の隊長が俺の正体に気付いて声を上げたが、俺は剣の柄で男の鳩尾《みぞおち》を殴って気絶させた。

矢の雨が一度止むが、誰も姿を現さない。

「族長の娘のサエリアです。この方は正真正銘英雄王陛下です！　姿を見せなさい！」

「そういうことだ。全員降りてこい」

サエリアと俺がそう言うと、ダークエルフの弓兵が木の上から降りてきた。

なるほどな。

「俺は王の命令として全員降りてこいって言った。万が一木の上に残っている者がいるのなら、それは敵国の人間とみなして攻撃することになるがいいか？」

俺がそう言うと、さらに五人のダークエルフが降りてきた。

「陛下、このたびは遠路はるばる――」

「そういうのはいい。まずはお前ら、レスハイム王国の兵の生存確認。生きてる奴がいたら、助けられそうなら助けろ。情報を得るために捕らえる。助からない奴は殺してやれ。武士の情けだ」

俺はそう命じるとダークエルフたちはそれに従って動いた。

「お前らのリーダーは？」

「私がこの小隊を纏めていますアルマと申します」

比較的若い――と言ってもダークエルフの年齢は見た目ではわからないが――男が俺の前に跪いて言う。

「現状を説明してくれ。お前らはどうしてここに？」

「はっ。森を巡回していたところ、怪しい痕跡を見つけたため、追いかけてきた結果、ここに来ました」

「レスハイム王国の兵を大森林の中で見たのは今回が初めてか？」

「こやつらはレスハイムの兵なのですか？」

どうやらアルマはこいつらの正体も知らなかったようだ。

ずっと森の中にいたらレスハイム王国の鎧の形や紋章も知らないだろうからな。

「陛下、敵指揮官を含め四名の治療を終えました」

「そうか。じゃあ、そいつらはダークエルフの里に連れて行って、とりあえず牢屋にでも入れておけ。残りの死体は俺が次元収納に入れて回収する」

「感謝いたします。それでは、これから里にご案内を――」

「こんな夜に歩けるわけがないだろ。せっかく家も用意したんだ。俺たちはここで一泊するから、明日の朝、迎えに来てくれ。馬か何かあったら助かる」

「かしこまりました。それでは護衛を何人か残しますので、好きにお使いください」

そう言って、ダークエルフの兵が五人程残り去って、生きているレスハイム王国の兵を担いで里に戻っていった。

鍵を開けて家の中に戻ると――

「ご主人様、なんで戦いが終わって静かになったのにすぐに戻ってきてくれないんですか⁉ 外から知らない男の人の声が聞こえるし、なのに誰も全然帰ってこないからすごく心配したじゃないですか！」

アイナに怒られた。

すっかり忘れていたって言ったらさらに、怒られた。

夜明け前、家の外に出て俺は一人、ランタンを持って近場の岩に腰を掛けた。

ランタンの灯りが届かない夜の大森林の奥は、何もいないようで獣や鳥の気配が無数に蠢《うごめ》いている。

勇者になって変わったことの一つが、睡眠時間だろう。

地球にいた頃は最低六時間くらい寝ていないと翌日は寝不足になったものだが、勇者になってからは一日や二日は寝なくてもよくなった。さすがに三日目からは少し辛いが。

そして、一日一時間くらい寝たら十分活動できる。

森の、静かであり騒がしくもある気配を肌で感じながら、俺は次元収納から取り出した温かい緑茶を飲む。

渋いな。

だが、これがいい。

「話があるのなら横に座ったらどうだ？」

ランタンの灯りに照らされる湯気を見ながら、開いた扉から出てきた彼女に言った。

と、座る場所がないな。

椅子をもう一脚、そして小さいテーブルを取り出して横に置く。

「お休みのところよろしいのですか？」

「ちょうど話し相手が欲しいって思っていたんだ。ほら、お前の分の茶だ。本当はおはぎが合うんだが、全部アイナに食べられたからな。クッキーでいいか？」

湯呑みをもう一つ取り出し、急須で茶を注いでクッキーの入った皿を取り出す。

「いただきます……これは変わったお茶ですね。砂糖とミルクは入れないのですか？」

「ああ、そのまま飲むんだ。その分、菓子の甘味が引き立つ」

「……これは美味しいですね」

「だろ？」

俺は笑って言う。

もしかしたらイヤな顔をされるかと思ったが、受け入れてもらえてよかった。

レスハイム王国やニブルヘイム英雄国のお茶といえば砂糖やミルクをたっぷり入れるものだったし、アルモラン王国のお茶はスパイスがたっぷり入っているものだったからな。

「俺の故郷は田舎でな。学校の裏はこんな森で、たまにグラウンド――広場に猪が出たって騒ぎになるようなところだったんだ。だから少し懐かしくてな――って、悪い。ダークエルフの村を田舎扱いしてるわけじゃないんだ」

「いいえ、田舎ですよ。森以外は何もなく、唯一の楽しみといえば月に一度訪れる行商人の品と話だけです。ずっと森を出て王都に行きたいと思っていました。ローリエは四大種族の代表のことを人質と言っていましたが、私にとってはこの森での生活の方が遥かに窮屈な暮らしでした」

サエリアは自嘲するように言った。

「でも、五年ぶりに帰ってみればとても居心地がよく不思議な感じです」

「それが故郷ってもんだ」

いいよな、帰れる故郷があるっていうのは。

「それで、説明を聞かないままここまで来てしまったが、祝芽祭っていうのは何をするんだ？　というか世界樹ってのもどんなものか詳しくは知らないんだが」

「世界樹とは別名精霊樹とも呼ばれ、多くの微精霊を集める力があります。世界樹に集まった微精霊は長い年月をかけて木の精霊へと昇華し、我々ダークエルフに恵みをもたらしてくれる——というのが一族の言い伝えです」

「言い伝え？　実際はそうじゃないのか？」

「この地に以前生えていた世界樹はもう千年以上前にその役割を終えて大地に還りました。そして、千年の歳月をかけてようやく芽が生えたのですが、微精霊に力を与えることのできる大樹に育つにはあと何千年もの時間が必要なのです」

何千年も先って、そりゃまた気の長い話だ。

エルフやダークエルフの寿命は人間よりも遥かに長いって聞くけれど、それでも八百年くらいだろ？

鬼族は人間族と寿命は変わらない。淫魔族は平均寿命が三十五年って言っていた。精気をしっかり得ることができればもう少し長生きできると思うが、どちらにしても数千年生きることはできない。

そうなったら、俺たちの中で成長した世界樹をその目で拝むことができるのはアイナだけか。

「ジン様、我々ダークエルフが前魔王に、そして現在、陛下に忠誠を誓っているのは、全ては世界樹の安寧のためです」

「えらい率直に言うな」

「ですから、この地を戦争に巻き込むようなことはおやめください。どうか、この森を守ってください」

サエリアが深く頭を下げた。

必死なんだな。

彼女にとって、この森は故郷であり、そして帰る場所だ。

その場所を守ろうとしている。

それは、故郷《にほん》に帰ることのできない俺にはできないことだ。

少し羨ましく思った。

「安心しろ。俺は結構この森のことを気に入ってるんだ。ダークエルフたちも裏切ったりしない限りは俺の国民だ。力を尽くして守ってやるよ」

俺はそう言って、皿の上のクッキーをつまんで食べた。

「さて、そろそろ寝るとするか。サエリアはまだ起きてるか？」

「いえ、私も休もうと思います。ジン様——ありがとうございます」

彼女は深く頭を下げた。

部屋に戻ると、アイナが俺のベッドを占領していた。

トイレに行ったあと、寝ぼけて俺の部屋に入ってきたのだろうか？

涎を垂らして嬉しそうに眠る彼女を見て、俺は笑みを浮かべ——

「てい」

「あいたっ⁉　頭が痛いっ！　え？　ご主人様⁉　夜這いですか⁉　待ってください、今日の下着は色気がなく――それに、さっきトイレに行ったので、まずはシャワーに――」

「寝言は自分の部屋で寝て言え！」

俺はアイナの首根っこをつかみ、部屋から追い出したのだった。


四時間程寝たところで、気配が五十程近付いてきていることに気づいた。

警戒心はあるが、敵意は感じない。

どうやら迎えが来たらしい。

部屋を出ると、ちょうどイクサも隣の部屋から出てきた。

「気付いたか？」

「はい」

「ダークエルフの迎えだろう」

朝に迎えにこいって言ったが、夜明けと同時に来るか？　いや、時間指定しなかった俺の落ち度か。

「朝飯を済ませてから出発する。悪いが少し待ってもらっていてくれ」

「かしこまりました。そのように伝えます」

イクサが家から出ていく。

サエリアも起きてきたが、アイナはまだ寝ているようだ。

とりあえず、朝飯はトースト、サラダ、果物、サエリア以外はベーコンエッグを追加で用意する。トーストは既に焼いてあるものが何枚も次元収納に入れてあるだけなので、あとはバターなりジャムなりを塗るだけで食べられる。

サエリアにできた料理を食卓に運んでもらったところで、

「ご主人様、おはようございます」

アイナが起きてきた。

「凄い寝癖だな」

「アイナは枕が変わると眠れなくて」

「昨日間違えて俺の部屋に入ってきて爆睡していただろ。ほら、朝飯できてるから食べていいぞ」

「ご主人様、餡子はないですか？　アイナ、小倉トーストにしたいです」

「お前に全部食われたよ。蜂蜜があるからハニートーストにして食べろ」

俺が蜂蜜の瓶と匙を取り出してアイナに渡すと、彼女は見ているだけで口が甘くなるほどの蜂蜜をトーストにかけて食べ始める。

イクサが戻ってきた。

「サエリアは蜂蜜とナッツペーストとベリージャム、どれがいい？」

「ありがとうございます。では、ナッツペーストをいただきます」

「イクサはトーストに何塗る？　バター、蜂蜜、ベリージャム、ナッツペーストがあるが」

「俺はバターでお願いします」

オッケー、じゃあ俺とイクサは普通のバタートーストで。

今度、サエリア用にマーガリン作りに挑戦してみようかな？

「本当に陛下の次元収納は便利ですね。家もそうですが、野営中にこのような温かい食事がすぐに食べられるとは」

「おいおい、そこは俺のこだわりと料理の腕を褒めてくれよ」

「申し訳ありません」

「冗談だ。パンを焼いたのはキュロスだしな。外に遣いを待たせているし、手早く食べるか」

「ご主人様！　トーストもう一枚おかわり！」

「お前は……」

マイペースなアイナに嘆息を漏らしつつ、次元収納から取り出した焼きたてのトーストを彼女の皿の上に置いた。

食事を終えて、家を出ると、ダークエルフの戦士三十名が直立して待っていた。足りない人数は少し離れた場所で周囲の警戒をしているようだ。

その辺で寛いでくれていてよかったのに。

「出迎えご苦労。ダークエルフの里に向かう前に家を収納するから少し待ってくれ」

俺はそう言うと、次元収納の穴を作り、自宅を押して無理やり穴の中に入れる。

最後に残った穴をしっかりと埋めて終わりだ。

ダークエルフの戦士たちの目が点になっている。

大丈夫だ、俺は非常識な力は持っているが価値観は常識人だ。驚く気持ちはわかる。仮に日本の中でこんな光景を見せられたら自分の目を疑うからな。

「ごほん。皆さん、陛下の前ですよ。その顔はやめてください」

「はっ⁉ し、失礼しました」

正気に戻ったダークエルフの戦士が謝罪をしたので、俺はそれを受け入れた。

「乗り物を用意しています。陛下が乗るには少し不格好ですが、里で一番の馬車を用意しました」

普通の馬車と違い、戦車《チャリオット》みたいだな。

貴族や王族が乗るには確かに武骨過ぎるが、外の景色を見ながら移動するにはこっちの方がいいか。

俺とアイナが乗車する。

見た目は悪いが、座り心地は悪くないな。

サエリアとイクサは乗らない。

サエリアの立場は俺を歓迎するダークエルフ側、イクサは護衛だからな。

つまりは対外モードというわけだ。

「これは楽ですね、ご主人様」

「そうだな」

アイナは喜んでいるが、俺は普通に歩いた方が早くダークエルフの里に着きそうだと思った。しかし言わないでおこう。

「それで、昨日のレスハイム王国の兵は？　尋問はもう行ったんだろ？」

「どうやらあのレスハイム王国の兵は侵攻ルートを確認するための偵察部隊だったみたいです」

「モスコラ魔王国とレスハイム王国が手を組んだんだな」

レスハイム王国の軍がこの森に侵攻するにはモスコラ魔王国を通る他はない。

少数の偵察部隊ならまだしも、大軍がこっそり素通りするなんてできるはずがない。

「それで、どのくらいの規模で手を組んでいるんだ？」

素通りさせるだけなのか、軍事提携しているのかでも脅威度が異なる。

だが、そのあたりはまだわからないらしい。

下っ端の兵はそのあたりを一切知らない。

指揮官の男の傷が思いのほか深く、まだ目を覚まさないらしい。

意識が戻り次第尋問するとのことだ。


「間もなく我らの里です」

「あれがダークエルフの里――」

大森林の中心にあるダークエルフの里と聞いていたから、森の中のツリーハウスみたいな家があると思っていたのだが――

森の中心部は何故か開けた土地になっていて、遠くには城壁も見えた。

普通の町と違う点は、町の周りに畑が一切ないことか？

「あれがダークエルフの里……なのか？　なんでダークエルフの里の周辺には草一本生えていないんだ？」

土を見る。

栄養不足ってわけじゃないよな？

馬車から降りて土を触ってみる。

植物が育たないような荒れた地ではなく、普通に栄養もありそうだ。

これだと、何もしていなくても雑草くらい生えてきそうな気がする。

それに、あちこちに盛られているのは……落ち葉を発酵させた腐葉土か？

土壌を改良している途中の休耕地ってわけでもなさそうだが。

「世界樹を育てるために、里の周辺の土を育てているんです。雑草が生えても里の人間が全力で抜きます」

サエリアが説明をした。

「また土が病気にならないように、週に一度ダークエルフの神官が清めた聖水を撒いていますし、検査も行っています」

「そこまでしているのか」

子どもが病気にならないように無菌室で育てていますという勢いだ。

そこまで至れり尽くせりだと、逆に強くならないんじゃないかと思ってしまう。

「畑がないのなら食事はどうしてるんだ？」

「森の中の木の実や、あとは工芸品を売って得た財貨で小麦を買って主食にしています。幸い、我々ダークエルフは魔術の適性を持つ者が多く、そのため全ての税を兵役で賄っていますから、自分たちが食べられる分の食事さえ用意できれば、それ以上の作物は必要としません」

サエリアの話を聞いて国税の管理をしているアイナを見ると、彼女は頷いた。

そういえば、魔法師団の中にもダークエルフは多かったな。

俺たちを護衛している戦士たちからも人間族や他の魔族にはない多大な魔力を感じる。結界の中だと微精霊のせいで魔法は使えないが、しかしひとたび結界から出れば優秀な魔法兵として力を発揮できるだろう。

「そんなに魔法が使えるのなら、この結界がない方がいいんだけどな。いや、結界じゃなくて微精霊がいなくなればいいのか」

「世界樹が成長した後、木の精霊に生まれ変わってもらうためにはここに微精霊をとどめておく必要がありますからね。世界樹が成長なさったときは自動的に結界も破れ、我々も魔法を使えるのですが」

それは何千年も先の話と。

再び馬車に乗り、ダークエルフの里の中に入った。

ダークエルフの里の中は、六割がダークエルフ、三割が人間、一割が他の種族。

人間族はどこにでもいるな……と少し感心する。

「人間族のここでの役割は？　やっぱり元奴隷か？」

「彼らは職人です。大森林の倒木を利用して、この里の工芸品や家などを作っています」

「え？　ダークエルフが作っているんじゃないのか？」

「我々は木を傷つけることを掟として禁止しています。それは倒木であっても同じこと。だから、人間族が加工しているんです」

「その加工している家に住んだり、加工した工芸品を売って得た金で食糧を買い飯を食べる分には問題ないのか？」

「家とお金に罪はありません」

ダークエルフの掟って、厳しいのか緩いのかわからないな。

代わりに、この地に住む人間族は安全と、ダークエルフたちが狩ってきた獣の肉を分けてもらって生活しているそうだ。

他の町の元奴隷たちに比べたら安心で快適な生活を送れている。

人間族以外の種族は、行商人とその家族がほとんどらしい。

ダークエルフは魔法師団を除けば町の外に出ることはないと言っていたし、ダークエルフが行商人になることは禁止されているのだろうな。

「町の中にまた城壁？」

「中で族長がお待ちです。この先が世界樹の聖域になりますので、馬車は入れません。そのため、ここからは徒歩での移動になります」

俺を出迎えに来たダークエルフの戦士の戦士長が言う。

たぶん、純粋な戦闘力だとイクサ未満。ただ、魔法ありの勝負になれば互角の戦ができるくらいの技量はある。

それにしても、世界樹の聖域か。

世界樹と聞いたときから、俺はずっと考えていたんだよな。

俺の国、ニブルヘイム。

その名前は地球の北欧神話に由来し、そこには世界樹の根の一つが延びていると言われている。

もちろん、北欧神話の世界樹とこの世界の世界樹は違うが、しかしその偶然にはいろいろと思うところがあった。

一度見てみたい。

城壁には多くのダークエルフの兵が槍を持って構えていた。

かなり警備が厳重だ。

もしかしたら、王都よりも厳重かもしれない。

城壁の上には多くの弓兵がいる。むしろ地上より多い。

恐らく、空から飛んでくる鳥や魔物を警戒しているのだろう。

城壁の警備も厳重で、俺たちの荷物を全てチェックされる。

毒物などの危険物を持ち込ませないためらしい。

王なのに自分の国の施設に入るのにここまでチェックされるとか。

場所が場所だから仕方ないか。

内城壁を通ると、微精霊の多さに一瞬眩暈《めまい》がした。

なんという量だ。

そして、その微精霊の目的はやっぱり――

「あれが世界樹……」

芽と聞いていたが、もう若木といってもいい大きさに成長している。

「私が知っている世界樹よりだいぶ小さいですね」

アイナが言った。

彼女は数千年前に生きていた。

きっと、先代の世界樹をその目で見たのだろう。

「これで小さいのか？」

「はい。成長した世界樹は、この城壁の壁をぶち破るくらい大きくなりますよ」

え？　マジか⁉

いくらなんでも――

「そちらの魔神様の言う通り。この世界樹が真の姿にまで成長したときは、この城壁を壊すほどに大きくなりますよ」

世界樹の前に立っていた若手アイドル風のイケメンダークエルフがそう言った。

この雰囲気――凄いな。

イクサやザックス将軍よりも強い。

こいつがあのときガーラク砦にいたら、俺の出番もなく戦いは終わっていただろう。

「お初にお目にかかります。ジン英雄王陛下、ダークエルフの族長。シンファイと申します」

そのイケメンダークエルフは膝をついて、シンファイと名乗った。

やっぱりダークエルフの族長か。

……ん？　ということは……このダークエルフの青年が、サエリアの父親なのかっ⁉

ダークエルフの年齢って本当にわからないなぁ。

第七話　ダークエルフの年齢はわからねぇよ

ダークエルフの族長、シンファイ。

見た目はまだ十代でも通用するようなイケメンダークエルフだが、実際は七百年も生きている。

ダークエルフの中では古株の存在だ。

子どもは十人いて、サエリアは七番目の子どもらしい。

現代日本人の感覚では子沢山だと思うが、しかし結婚して五百年経つそうなので、五十年に一人しか子を作っていないとなると、少ないようにも思える。

「陛下に一つ謝罪したいことがございます」

「謝罪？」

「収監していた敵の指揮官ですが、死にました」

死んだ？

確かに怪我は酷かったが、死ぬような傷ではなかったはずだ。

「着けていた腕輪の中に毒針が仕込まれていたようで、特定のキーワードを唱えることで自死できる仕組みになっていたようです」

「その腕輪は？」

「毒物はこの聖域に持ち込めませんので、外に」

「そうか……わかった。構わない、腕輪の秘密には俺も気付かなかった。俺が拷問しても同じ結果になっていただろう。それで、隣にいる女性を紹介していただきたいが。シンファイ殿の奥様でしょうか？」

「私の妻は既に他界しています。彼女は私の三番目の子で一番上の娘のマルシアです」

マルシア？

資料で読んだ名前だ。

魔法師団の前団長でありダークエルフの前代表でありそして――

「魔王の元第二夫人か」

魔王を倒したときに団長の座も引退し、ダークエルフの里に戻ったと聞いていた。

「そうか。まぁ、なんだ、お互いに言いたいこともあるだろう。俺はあんたの生活を壊したのだから」

謝罪はしない。

魔王はあのまま放っておけば、アルモランに攻めてくる予兆があった。

たとえアイナがいなくても、いつかは魔王と戦っていただろう。

「いいえ。魔王は私の夫ではありましたが、私を戦力としてしか見ておらず、愛してはくれませんでした。むしろ、こうして世界樹の守り人に戻れて感謝しています」

サエリアが言っていた。大半のダークエルフは世界樹の傍にいることを最大の誉としている。

森を出て外の世界を見たいと言っていたサエリアとは正反対の考えだ。

きっと、ダークエルフにとってマルシアの考え方が普通で、サエリアの考え方は異端なのだろう。

魔王様の仇と言って襲い掛かられるよりは遥かにマシか。

さて、世界樹を見たが、もう一つ、この里で見ておかないといけないものがある。

「マルシア嬢、ちょうどいい。案内してほしい場所がある」

「かしこまりました。案内役仰せつかります」

俺たちは世界樹の聖域を出て、さらに奥の建物に向かう。

そこは寺院のような建物だった。

世界樹の聖域ほどではないが、警備の兵もいる。

聖域と違い、顔パスで中に入れたが、しかし他の人だったらそうはいかないだろう。

警備体制も整っている。

ここが重要施設だというのは一目瞭然だ。

そしてその寺院の奥にそれが祭られていた。

「へぇ、これがサブクリスタルか」

六角柱の巨大なクリスタル。

ニブルヘイム英雄国の王城に祭られ、王に力を与えるコアクリスタル。

そのコアクリスタルにエネルギーを送る四つのサブクリスタルの一つがこの水晶だ。

世界樹ほどではないが、多くの微精霊がサブクリスタルの前に集まっている。ただ、サブクリスタルの周りに別の結界があり、一定以上近付けないようになっている。

恐らく、サブクリスタルに集まっている魔力によって、微精霊が木の精霊以外の精霊へと生まれ変わらないように。

だが、俺が着目したのはその結界の周囲に存在する装置の方だ。

最初は結界を作る装置かと思ったが、魔力の流れをたどると、あの装置が魔力を集めてサブクリスタルに送っていることがわかった。

だが、それ以上、たとえばどうやって魔力を集めているのかがわからない。

「アイナ、詳しい仕組みはわかるか？」

「凄い魔法技術ですね。願いの力を使ってなら解析ができますが、そうでないなら無理だと思います」

「そこまでは要らない。マルシア、この装置のメンテナンスはどうなっている？」

「この装置が設置されてから、メンテナンスがされたという記録はありません」

「ずっと動き続けてるのか？　もしも故障したら？」

「わかりませんね。これまで何度か装置の破壊を試みた者がいましたが、この装置の破壊はできませんでした。可能なのはオンとオフの切り替えくらいです」

「我々鬼族の装置も似たようなものですね」

イクサが言った。

つまり、正攻法で魔王を弱体化させようとしたら、全てのサブクリスタルの装置の機能をオフにしたうえで、再度オンに切り替えられないようにその地を占領下に置き続ける必要があったということか。

その地を奪い返されたら、また奪わなければならない。

忍び込んでこっそりスイッチをオフにするだけでもダメ。

なるほど、そりゃ人間族がこれまで一度も魔王を退治できなかったわけだ。

「とはいえ、ここのスイッチが切られたら、ご主人様がコアクリスタルの力を受けられる範囲も狭くなります。少なくともこの森の中や、ガーラク砦ではコアクリスタルの力を受けられませんね」

ガーラク砦はギリギリコアクリスタルの範囲内だったからな。

もしも大森林のサブクリスタルの装置の効力が切れたらガーラク砦ではコアクリスタルの力は使えなくなる。

もともと効果が薄かったので、ほとんど勇者の力で戦っていたんだけど、それでも弱体化することには間違いない。

もしも、レスハイム王国の目的がこの森からの進軍ではなく、このサブクリスタルだとすれば、大森林を戦争に巻き込むことになるな。

情報を持っているはずの指揮官に死なれたのは痛かったな。


その日の夜、祝芽の儀が行われた。

それを祝っての祭りだ。

明確に何月何日って決まっているわけではなく、おおよそこの時期に行われるのだとか。

といっても俺はただ見ているだけで、特にすることはない。

太陽が沈むと同時に、闇の精霊に世界樹の夜の安寧を祈る祝詞を唱え、それが終わったら聖域の外の広場で酒を飲んで飯食って騒ぐだけ。

祝賀の儀は八十六年前、この時期に世界樹の芽が生えた。

「儀式の後の祭りは聖域の外でするんだな」

「年に一度の盛大な祭りです。皆、お酒をいっぱい飲むので、万が一世界樹に粗相をするようなものが現れたら危険ですから」

サエリアが言う。

森の中で採れたというカモシカに似た動物が焼かれていた。味は牛肉に近く、なかなかうまかったが、結果的にシヴに野菜料理ばかりだと嘘を吐いてしまったことになったので、申し訳なく思った。

料理を切り分けていたダークエルフの女性に少し肉を持って帰ってもいいか尋ねたところ快く切り分けて譲ってくれた。

ダークエルフは肉はあまり食べず、こういう肉はこの町に住む他種族の人のために焼いているが、採れる獲物の方が多いので毎年結構な量が残るらしい。

そういう事情ならと遠慮なくカモシカ風肉を次元収納に入れて、シヴへのお土産にする。

「ご主人様、楽しんでいますか？」

野菜団子汁が入っていたであろう器に、木の実や菓子パンを入れてアイナが尋ねた。

「お前ほどじゃねぇが満喫しているよ」

「イクサは食べないのですか？」

「護衛中ですから」

なんでも、護衛中は食事をしてはいけないらしい。

食事をするとトイレに行きたくなって俺の傍を離れる恐れが出るので危険なのだとか。

普段なら気にせずに飯を食えと言うが、ダークエルフの目があるからな。

サエリアと交代で護衛をすることで今は我慢してもらうことにした。

イクサは好き嫌いはないと言っているが、野菜より肉の方が好きだというのは普段の付き合いで知っている。肉は十分残るだろう。

「しかし陛下。このように祭りをしていてもよろしいのでしょうか？　いつ敵軍が攻めてくるかもわからないのですが」

「ダークエルフが王都に書状を送っている。増援は間もなく駆け付けるはずだ。それ以上は俺たちにできることはないだろ？」

むしろ、俺がここにいるときに敵が動いた方が対処しやすい。

俺はそう言ってワインを飲む。

美味しいけれど全然酔えない。

ノンアルコールワインってこんな感じの味なのだろうか？

サエリアと交代の時間になった。

イクサは真っすぐカモシカ風肉の屋台に向かう。やはり食べたかったんだな。

「サエリアは祭りを満喫できたか？」

護衛だから酒は禁止させてもらったが、それ以外は自由にしてもらった。

「はい。私は元々あまりお酒を嗜みませんし」

「そういえばみんなで飯を食べたときも、ワインを飲んだのは最初の一杯だけだったな」

付き合いとしては飲むけれど、好んで飲むわけではないのか。

「マルシア以外にサエリアの兄弟姉妹とは挨拶したのか？」

「兄は全員魔法兵ですから、東の結界の外の防衛砦で防備に当たっています。本来、祝賀の儀の時は誰かいるのですが、尋問の結果レスハイム王国の兵が攻めて来る可能性もあるので、残っていた兄も手勢を引き連れて東の防衛砦に」

「いまが有事になりかけてるからな……魔法兵なら猶更帰ることはできないか」

サエリアの兄ならば、きっと優秀な魔法兵なのだろう。

結界の中では魔法を使えない。

だったら、結界の中に入られる前に敵を倒す。

それがダークエルフの里の魔法兵の役割だ。

「シンファイ殿、一つ相談がある」

「いかがなさいました、英雄王陛下」

「明日、東の防衛砦に視察に行こうと思う。俺には次元収納があるから、必要な物資があれば持っていくこともできるが、どうだろう？」

どのみち、転移魔法を使うには一度結界の外に出る必要がある。

ここは森の中心だから、俺たちがやってきた森の西から出るのも、防衛砦のある東から出るのも距離的には変わらない。

だったら一度視察に行こうと思う。

もしかしたら、敵の動きも何かわかるかもしれない。

「陛下自ら視察に行かれるのですか。とてもありがたい話です。実は私の方からも願い出ようと思っていたのです。ガーラク砦での陛下の武勇は遠いダークエルフの里にまで届いております。陛下が視察に行けば、きっと皆の士気も上がることでしょう」

シンファイは感謝の礼をし、案内を付けると言ってくれた。

そして夜は更ける。

さすがに戦時中ということもあり夜通しの飲み会なんてことにはならずに早々にお開きとなった。


そして夜。


『――――』

俺は何かの声を聞いた。

誰かに呼ばれた気がした。

アイナは隣のベッドで寝ている。

隣の部屋からイクサの気配はある。

部屋の外ではサエリアが警備をしている。

だが、誰も俺を呼んでいない。

誰が呼んだ？

『――――』

まただ。

一時間寝たから睡眠時間は十分だ。

それに、こう何度も呼ばれたら寝ていられない。

俺は着替えて部屋を出る。

「ジン様、どうなさいました？」

「ちょっと出る。悪いがついてきてくれ」

「かしこまりました」

俺とサエリアはサブクリスタルのある聖殿を出る。

『――――』

また声が聞こえる。

サエリアは何も聞こえていないようだ。

そしてその声は――

「やっぱりここか」

どうやら声は世界樹の聖域の中から聞こえてくるらしい。

深夜だというのに警備は厳重だ。

手荷物検査とか面倒だが、壁を乗り越えていく選択肢はないな。

とりあえず、正面入り口に向かう。

本来、深夜の訪問は禁止なのだが、一国の国王を追い払う勇気は彼らにはなかった。

手荷物を全て預け、警備を二名同行させることを条件に中に入った。

「陛下、どうしてここに？」

「世界樹の声が聞こえた気がしてな」

「それは本当ですかっ⁉」

「多分な。そんな気がするんだ」

多分とかそんな気がするとか言ってみたが、

『――――っ！　――――っ！』

気がするなんてもんじゃない。

こいつは絶対に俺に何かを訴えかけている。

だが、いくら勇者の知識と翻訳チートがあっても、植物の声なんてわかるはずがない。

すると、世界樹が突然淡く光り輝いた。

声がまた大きくなる。

「これは⁉」

「おい、誰か族長を呼んでこい！」

同行した警備がゴタゴタしている。

世界樹が何を言っているのかわからない。

ただ、わかることがある。

世界樹は何かを心配している。

「悪いな、何を言っているかわからないんだ。でも、安心しろ。俺がここにいる間はこの里もダークエルフのことも守るからさ。人同士のゴタゴタした戦争にお前を巻き込むつもりはねぇよ。世界樹は頑張って大きくなれ。それをみんな望んでる」

俺がそう言うと、世界樹から光が消えて、声も聞こえなくなった。

これでよかったのだろうか？


「必要な物資はこちらになります」

とてもではないが、馬車一台で運べる量ではないな。

シンファイが用意した物資は穀物、野菜等の食糧、包帯や魔法薬などの医療物資、弓と矢、あとは酒だった。

しかも、ただの酒ではなく蒸留酒らしい。

この世界で見るのは初めてだが、存在することはガーラク砦のドワーフのトラコマイから聞いて知っていた。

トラコマイが言うにはダークエルフの秘術で作られているらしく、滅多なことでは飲めないらしい。

もしかしたら祝芽の儀に振る舞われるのかと思ったが、それもなかったので本当に珍しい酒なのだと思っていた。

まさか、それがこんなにあるなんて。

トラコマイが聞いたら発狂するかもしれないな。

全ての荷を次元収納に入れる。

「確実に届けるよ」

俺は馬車に乗った。

基本は里に来るときと同じ。

馬車に乗るのは俺とアイナだけ。

馬車の両サイドはイクサとサエリアがそれぞれ守り、その周囲にはダークエルフの戦士が配置されている。

楽なのはいいが、移動が遅いんだよな。

暇だ。

「アイナ、しりとりでもしようか。ルールは……そうだな。俺は地球の地名、アイナは和菓子の名前でどうだ？　勝ったらおはぎを作ってやるよ」

「いいですよ！　じゃあアイナから行きますね！　おはぎ！」

「ギリシャ」

「八つ橋！」

「渋谷」

「焼き饅頭」

地球の地名や食べ物でのしりとりとか、アイナ相手でしかできないからな。

いろいろとルールを変えながらしりとりを十回やって十戦全敗した。

くそっ、魔神の語彙力ヤバ過ぎるだろ。

約束通り、おはぎを大量に作ることになってしまった。王都に帰ったら暫くは厨房に籠ることになりそうだ。

「陛下、歓談中失礼いたします。防衛砦が見えてきました。間もなく結界を越えます」

「そうか」

微精霊がいることに慣れていたのだろう。

結界を越えると、まるで服を一枚脱いだかのような違和感があった。

しかし、それもすぐに慣れる。

その先にあったのが防衛砦と呼ばれるところだった。

しかし、随分と古い。

それも仕方がないことだ。

現在のモスコラ魔王国と呼ばれる場所は五百年前まではモスコラ王国という小さな国だった。

この防衛砦は、サタナス魔王国とモスコラ王国との国境沿いにモスコラ王国側が建てた砦だ。

五百年前にサタナス魔王国が侵略戦争を仕掛け、この防衛砦を奪い、逆にサタナス魔王国の防衛砦となり、さらにその数ヵ月後にモスコラ王国を落として併合した。

ただ、モスコラ王国の中はコアクリスタルの影響の範囲外のため、魔王の力も及ばない。そのため、過去に三度人間族に奪還されては奪い返すを繰り返していた。

そういう歴史もあるため、防衛砦が取り壊されることはなく、現代まで残っているというわけだ。

防衛砦に到着するや否や、砦の中からダークエルフが現れた。

どことなくシンファイに似ている気がするが、この砦にいるというサエリアの兄だろうか？

「ジン・ニブルヘイム英雄王陛下であらせられますね？　この防衛砦を纏めているハルナビスと申します」

「ああ、出迎えご苦労。忙しいところ急な訪問をして済まないな。ところで貴殿はシンファイ殿と似ているようだが、サエリアの兄だろうか？」

「私は族長シンファイの弟、彼女の叔父にあたります」

ハルナビスは言った。

叔父さんだったのか。

ダークエルフの年齢、マジでわからないからこういうときは厄介だ。

「そうか、若く見えたからな。失礼した」

「人間族の陛下にダークエルフの年齢を見分けろというのは、斑鬣犬獣人《まだらたてがみいぬ》の子どもの性別を区別しろというくらい難しいことです。お気になさらずに」

ハルナビスは気にする様子もなく、笑って答えた。

斑鬣犬獣人は大人でも性別がわかりにくい種族の代表と言われる。

普通、性別はだいたいアレがあるかないかで区別できるのだが、斑鬣犬族は女の子にもアレが生えているそうだからな。

「ところで、支援物資を持ってきたんだが、どこに置けばいい？　倉庫に案内してくれるか？」

「いえ、陛下にそのような場所までご足労をかける必要はございません。ここに出していただければ、あとは部下が運びます」

別に倉庫に行くくらいはいいのだが、イクサが頷く。

次元収納があるからここまで運んできたが、本来であれば荷物を運ぶのは下っ端の仕事だ。それを最後まで俺がすることはよくないと言いたいのだろう。

支援物資を出して地面に置く。

ダークエルフたちが現れて荷物を運んでいった。

線が細い連中が多い。

ダークエルフたちは魔法兵が多いから身体はあまり鍛えていないのかもしれない。

防衛砦の中を見学して回る。

やはり設備は古いが、しかししっかり整備はされている。

砦の上に移動した。

ここからモスコラ魔王国がよく見える。

敵兵の姿は見えないか。

「奴ら、本当に攻めてくるんでしょうか？」

イクサが言う。

「まだわからない。力圧しで攻めてきてくれたらわかりやすいが、それはないだろう。まだモスコラ魔王国は自分たちがレスハイム王国と手を組んだ証拠を俺たちに握らせたくないはずだ。モスコラ魔王国にとって最高の結果は何だと思う？」

「はい！　レスハイム王国の兵がご主人様を殺して、いまの魔王がこの国を奪い返すことです」

アイナが手を挙げて言う。

主人の俺の死を笑顔で言うな。

「それは次点だ」

「一番は我らニブルヘイム英雄国とレスハイム王国が戦い、どちらも疲弊して共倒れになることですね」

「そうだ。逆に最悪の結末は、俺たちがモスコラ魔王国を攻め滅ぼすことだ。モスコラ魔王国とレスハイム王国が表立って手を組んでいることが明らかになった場合、俺たちはモスコラ魔王国を攻め滅ぼす理由を作ることになる。だから――お？」

噂をすれば影。

敵の姿が見えたようだ。

「ご主人様、なんですか、あれは」

「暴食鼠《ぼうしょくねずみ》だ」

正式名称はグラトニーラットというカピバラサイズの鼠の魔物だ。

特徴は何でも食べてすぐに増える。

そして、その肉はマズく、病気持ちのため基本は食べずに焼却処分される。

その暴食鼠が群れで押し寄せてきた。

「さて、どう思う?」

「敵が送り込んできた魔物でしょうね。もちろん証拠はありませんが」

サエリアが言った。

さっき言ったように数を増やすのは簡単な魔物だ。

そのため、兵糧攻めによく使われる魔物ではあるが、それを砦攻めに使ってくるとはな。

モスコラ魔王国——魔物を操るとは、さすがは魔王国を名乗るだけはあるな。

鼠狩りが始まった。

俺は運動不足解消に参戦したかったが、ここはダークエルフの戦士たちに任せることにした。サエリアとイクサにも待機させている。

ただ、暴食鼠相手にダークエルフたちは苦戦を強いられた。

何千と押し寄せてくる鼠相手にほとんど効果があがっていない。

範囲攻撃魔法を使って倒しているが、それでも全滅させるのは難しいか。

「もどかしいですね」

「サエリアの魔法兵団ならどう指揮をとる？」

「塩田作りで鍛えたノウハウを用いて堀を作ります。あの数の鼠ならば、かなりの数が中に入るでしょう。そこに火魔法を打ち込んで全部焼き殺しますね」

「うちの魔法兵団は土木作業が得意になったもんな」

ダークエルフは土魔法が得意な者が多いが、尖った石礫《いしつぶて》のようなものを放って鼠に撃ったり、強い者はゴーレムを使って戦わせるだけだ。

「魔法で操られているのは数匹だけか。おそらく、あいつらが暴食鼠のリーダーで、それに率いられてこの砦に来たってところか」

「だとしたら、そのリーダーを倒せば解決ですか？」

「ここまで接近されたらそれだけで解決ってわけじゃないな」

どうやら俺と同じように魔力を検知したダークエルフがいたのだろう。

操られている暴食鼠だけを的確に射貫《いぬ》いている者が現れた。

ハルナビスたちだ。

彼もそうだが、その取り巻きらしき男たちもなかなかの弓の腕前だ。

「ハルナビスの隣にいるのは？」

「兄たちです」

サエリアが言う。

なるほど、全員イケメンだ。

しかし、敵のリーダーが倒れたところで、ここまで来た暴食鼠が退却するわけではない。人の戦争とは違う。

彼らが目指すのは、この砦の中の食糧だ。

さぁ、どう対処する？

「火を放て！」

ハルナビスたちがそう言った。

野生の魔物に火は有効だが、ダークエルフは森の中で暮らす種族だから火魔法が苦手なはずだ。

火矢程度では威力は足りないぞ？

どうするんだ？

と思ったら、彼らが投げたのは火のついた瓶だった。

「ははっ、トラコマイが見たら発狂するぞ」

瓶の中に入っているのは酒だった。

俺たちがここまで運んできたものと同じものだろう。

飲用ではなく、火炎瓶の材料として使うのか。

しかし、火の威力が普通の火炎瓶に比べて段違いだな。

酒の中に魔力を通わせているのか。

暴食鼠たちの勢いが和らいだ。

その後、ダークエルフたちの抵抗により、暴食鼠たちは砦に近付くのを諦め、森の方へと逃げていった。

「森に逃げて大森林は大丈夫でしょうか?」

「暴食鼠はよく食べよく増えるが、強さでいえば大したことはない。森の中の獣の方が強いからな。あの程度の数ならあとは自然に淘汰されて適切な数になるはずだ。元々どこにでもいる魔物だから森の中にもいたはずだ。それより――」

また敵の群れが見える。

暴食鼠だ。

どうやら、さっきので打ち止めではないらしい。

「何故一度に投入しなかったのでしょう?」

「敵もこちらの手の内がわからないんだよ。さっきの魔法以上の広範囲殲滅の魔法をこちらが使えたとしたら、大量投入しても全滅があり得る。それがないとわかっての二度目の投入だろう。射った矢を回収する暇も与えないあたり、イヤな性格だよ。それでもまぁ、さっきと同じ手段で対処できるとは思うが――」

俺はハルナビスのところに向かう。

彼はさっそく暴食鼠の第二波の殲滅のための指揮を取ろうとするが、

「ハルナビス殿。これ以上の指揮は必要ない。あとの殲滅は俺に任せてくれ」

「陛下、それはどういう――」

「なに。馬車の移動で身体が鈍ってしまってな。皆の戦い方の見学も済んだし、ちょっと運動をしようと思って。一人で戦わせてもらおう」

「しかし、陛下。あの数を一人で倒すのはいくら陛下でも」

「なに、レッドアントの群れと戦ったときはあの百倍はいた。問題ないさ。それに――」

どうせ見張っているんだろ？

レスハイム王国とモスコラ魔王国の奴らがグルになって。

お前らが一体誰を敵に回したのか、目に物を見せてやる。


俺は砦の上から飛び降りた。

燃えた鼠の焦げた臭いが鼻腔を刺激する中、俺は新たな暴食鼠の群れに真っすぐ向かっていく。

まずは剣で。

いつも使っている鈍《なまく》らの剣を取り出して、魔力を纏わせる。

刀身が伸びていく。

実際は剣の長さは変わらない。

ただ、魔力による見せかけだ。

それでも切れ味は普通の剣より遥かにある。

魔力だから伸びた分の刀身に質量はないため、力任せに振り回しても肉体への負担はない。

「せりゃあぁぁぁぁぁあっ！」

剣を振り回すと、大量の暴食鼠の群れが薙ぎ払われた。

うーん、これだけでも全滅できそうだが、運動不足解消にはならないな。

俺は伸ばした剣を元通りにして次元収納に入れ、代わりに短剣を持ち出す。

「よし、第二ラウンドだ。せいぜい俺の運動の相手になってくれよ」

※　※　※

「これが新たな王の力か」

ハルナビスは恐れるように言った。

最初に大剣で暴食鼠の半数を斬り伏せただけでなく、さらには短剣で次々に倒していく。その姿はまるで舞いのようだ。

この地はニブルヘイム英雄国のハズレ。

コアクリスタルの力はほとんど届かない。

となれば、あれは勇者としての力ということになる。

この世界に召喚された勇者が直ぐにレスハイム王城から逃げ出したことは何年も前にマルシアから伝え聞いていた。

その時、戦いから逃げ出した臆病な勇者だと思ったものだが、しかし、その勇者が魔王サタナブルスを倒したと聞いたときその考えは否定された。

サタナブルスの奴は気に食わない王ではあったが、その実力は認めていた。

たとえコアクリスタルの力がなくても竜人族の中でも圧倒的な力を持っていた。魔王に相応しい実力があったのだ。

それを倒しただけでもハルナビスはジン陛下の実力を認めていた。

しかし、暴食鼠との戦いでその認識を改めさせられる。

認めるどころではない。

もしも彼が自分たちの王ではなく、自分たちを滅ぼす勇者としてこの砦に現れたらどうなっていただろうか？

全軍の力を、いや、ダークエルフ全ての総力を用いても彼を止めることができただろうか？

想像したら、まるで訓練場の木偶《でく》人形のように無残な姿になる部下の姿が脳裏に浮かんだ。

「敵に回したくはないな……」

ハルナビスはそう言って胸に手を当てる。

彼の兄――族長シンファイから届けられた開封済みの便せんの内容を思い出すように。

第八話　裏切ったからには覚悟はできてるんだろうな？

城の中は随分と静かになった。

元々、城にいた人間の何割かは魔王が死んだあとにモスコラ魔王国に亡命していなくなった。

魔法師団の半数と一部騎士たちは大森林防衛砦に行き、人員の補充はほとんど行っていないのでこの人数減は仕方ない。

さらに、シヴたち歩兵団も防衛砦に向かった。彼女たちの機動力なら、再度暴食鼠が現れても対処できるだろう。

そして、ローリエは外交のために国を出ている。

結果、残った種族の代表は魔法師団長のサエリアと近衛兵長のイクサのみとなった。

そんな中、俺は――

「こんなものでいいか」

おはぎを大量に作っていた。

山積みになったおはぎを次元収納に入れていく。

アイナとしりとりで負けて作ると約束した分を含め、今後アイナに与える分まで作っている。

気分はもうおはぎ屋さんだ。

「陛下、言ってくれたら自分が作りましたのに」

「キュロスはキュロスで用事があるだろ？　それに、戦争の報告続きで気が滅入っていたからな。いい気分転換になるんだよ。それより、市場の方はどうだった？」

「ロイ様のお陰で、大きな混乱は起きていませんが、やはり皆不安がっていましたね」

戦時中は物価が高騰しやすい。

ロイは国中の各商会を通じて、商品の高騰を防ぐように価格の統一をして回った。本来、こういう市場への介入は商会から嫌われる。ただでさえ、奴隷の売買を禁止したせいで一部の商人からは煙たがられていた。

しかし、ロイの説得と、いろいろと商会への譲歩もあり、なんとか市場の高騰を防ぐことに成功。いつも通りの買い物ができ、いつも通りの生活ができていれば混乱は起きない。

とはいえ、それもいつまでもつか。

地方では働き盛りの若者が戦地に赴いたことで、農作業が追い付かず、収穫高は間違いなく下がることだろう。

戦争が終わっても、その後のことを考えないといけない。

餓死者が出ないためにどうしたらいいか。

「いっそのこと、レスハイム王国の食糧庫を襲うか」

レスハイム王国の貴族どもの蔵には、非常用の小麦が山ほど保管されていたはずだ。

「陛下が言うと冗談に聞こえませんね」

「冗談だと思ったか？」

と俺は冗談で言うと、キュロスが猫髭をピクピクさせて身震いした。

まぁ、戦争を仕掛けてきたのはレスハイム王国側なんだし、敵砦の食糧を丸々奪うくらいはやってもいいかもしれない。

さらに笑みが零れる。

「(こ……これが英雄王の《殺戮者の笑顔《デススマイル》》)」

キュロスがまだ震えている。

少し怖がらせ過ぎたか？

「陛下、今夜の食事ですが――」

「ああ、節約料理で頼む。王だけ贅沢ってわけにはいかんからな。あ、お前らの給料が未払いになるようなことにはならないから安心しろ」

「いえ、いざとなったら私の給料よりもこの国にお使いください。私は日々の食事さえ食べられたら満足ですので」

気持ちだけ受け取っておく。

アイナとロイにおはぎを届けてやるため、執務室に向かうと、鐘が鳴った。

緊急の鐘だ。

俺は急ぎ、招集時に集まる会議室に向かった。

俺が入ってきたときには、アイナとロイが既にいて、イクサ、サエリアと続いて入ってくる。

「何があったっ⁉」

「サブクリスタルの一つから、コアクリスタルへのエネルギーの供給が途絶えました」

ロイが即座に答える。

「どこのサブクリスタルだ！」

「ダークエルフの里です」

「――っ！」

ダークエルフの里からのエネルギー供給が途絶えた？

一体何があったんだ？

「原因は――敵の妨害によりエネルギーの供給が行えない状況になったのか⁉」

「わかりません」

「防衛砦からの報告は？」

「まだ何も――」

考えられる可能性はいろいろとある。

まず、大きく分けて三つ。

サブクリスタルの不具合。

サブクリスタルから送られてくるエネルギーの伝達機能の妨害。

サブクリスタルのスイッチが切られた。

この中で不具合という事故についてはこの際考えないようにしよう。

エネルギーの伝達の妨害か、スイッチが切られた。

この伝達の妨害については頭の片隅に置き、スイッチが切られた理由について。

誰が切ったのか？

ダークエルフか、レスハイム王国、モスコラ魔王国の連中の仕業か。

ダークエルフの誰かが切った場合の理由は？

レスハイム王国やモスコラ魔王国だったとき、村はどうなっている？

スイッチのオンオフの切り替えはできても、破壊はできないって言っていたので、その場合、少なくとも寺院が敵に占拠されている状態である。

だが、その場合、大森林防衛砦から何の連絡もないのはおかしい。

「転移魔法で防衛砦に行って様子を見てくる」

「ジン様、危険です！　サブクリスタルが動かない以上、防衛砦の内側も完全にコアクリスタルの範囲外です」

「大丈夫だ。勇者の力は問題なく使えるはずだ。危なくなったら転移魔法で直ぐに戻る」

「陛下、それなら私も――」

「勇者の力しか使えない場合、帰り道の魔力を節約したい。悪いが一人で行く」

単独で何度も危険な前線に行くのは王として間違えていると思うが、しかし、一番確実な方法だ。

俺は転移魔法を使い、一人で防衛砦の近くに転移した。

戦いの痕跡はない。

しかし――

防衛砦にレスハイム王国の国旗っ⁉

まさか、既に砦が落ちているのか⁉

いや、様子がおかしい。

ここから見た限りだと、砦の警備をしているのはダークエルフたちだ。

まさか、ダークエルフが謀反を⁉

シヴたちは無事だろうか。

足音が聞こえてきた。

俺は気配を消して岩陰に隠れる。

「見つかったか？」

「いや、見つからない。あの薬を飲んで逃げられるとは……さすがは獣人族の代表ってところか――」

シヴのことか。

薬と言っていたな。

毒薬でも飲まされたのか？

隠れ場所の多い森の中？　まさか、意表をついてモスコラ魔王国方面に逃げてないだろうな？

いや――

シヴの性格を考える。

あいつなら――真っすぐ城に帰る！

転移――いや、それだとシヴを見逃す恐れがある。

だったら――と俺は次元収納から黒装束を取り出して顔を隠す。

種族を誤魔化すためにアルモラン王国時代に仕事で使った獣耳のついている帽子を被る。

そして、俺は岩陰から飛び出し、走った。

途中、ダークエルフの何人かに見つかり、何か騒がれたが無視する。

走る。

走る。

走る。

視界が開けたところでは、その範囲内に転移する。

途中、馬の蹄の跡を見つけた。

俺と同じようにシヴを追っている奴がいる。

シヴが乗っている可能性も考えたが、この足跡の食い込みからして、重装備を纏っている可能性が高い。

となると、モスコラ魔王国かレスハイム王国の軍馬だろうか。

既に敵兵が中に入り込んでいるのか？

シヴを追っている可能性もある。

「無事でいてくれよ」

※　※　※

大森林から南西に三十キロの場所を、シヴは一人疾走していた。

その姿はいつもの獣人の姿ではなく、巨大な狼そのものだった。

獣人の中にはこのように姿を獣に変えることができる者がいる。

身体能力は大きく向上するが、しかし知能は低下する。感情のままに、本能のままに動き、理性を失い獣となり、最悪は人の姿に戻ることを忘れてしまう。

かく言うシヴもかつて、自分を見失い獣として過ごしたことがあった。

あの時は運よく自我を取り戻し、人の姿に戻れたが、次は戻れるかどうかわからないと族長である父に言われていた。

ただでさえそのような状況で、さらには全力疾走を行っている。

彼女の人としての意識は穴の開いたバケツの中に入っている水のように零れ落ちていく。

それでも彼女は、自我を保ち、走り続ける。

（忘れたらダメ、シヴはシヴ。獣じゃない。誇り高き獣狼族、族長の娘。シヴはジン様――ジン・ニブルヘイムに名を捧げた。この名はシヴだけのものではない。シヴの名を捨てるのはジン様への忠義を捨てること）

彼女がいま行うことは、ダークエルフの謀反とそれに関する情報をジンに届けること。そのためには自我を失うことは許されない。

そして、失われていく自我と同時に、シヴを苦しめているのが体内の薬だ。

食事に混ぜられていた麻痺毒の薬がシヴを蝕み続けている。

そのせいで、普段の半分程しか速度が出ない。

後ろから馬が走る音がシヴの耳に届いた。

そして、背中に痛みが走った。

矢が刺さっていた。

レスハイム王国の騎兵が馬上から矢を射たのだ。

このままでは追い付かれる。

そう思ったシヴは、彼らを迎え撃つべく振り返る。

ここにいるレスハイム王国の兵を倒し、それが終わったら走る。

（走る——なんのために？　……ジン様のため！　忘れたらダメ！　シヴはジン様の忠臣！）

シヴは大きく咆哮し、走ってくる馬を正面から前脚で薙ぎ払う。

二頭の馬を薙倒すも、その隙に自分の前足に槍が突き刺さる。

矢が刺さった時よりも遥かに大きな痛みがシヴを襲った。

「いまだ、やれ！」

次々にシヴの身体に槍が突き刺さり、真っ白な毛が鮮血の赤に染まっていく。

痛みに理性と意識を失いかけたシヴは、まるで死ぬ前に見る走馬灯の光景のように過去の記憶がフラッシュバックしていた。

シヴは族長の最初の子であるが、その母は族長の妾で立場が弱かった。

このままではシヴが殺されると思ったシヴの母は、彼女が安全に過ごせるように、知人にシヴを託した。その知人はシヴを連れて各地を転々と移動し、シヴが十三歳になったときにアルモラン王国までたどり着いた。

その時、彼女たちを乗せた馬車が魔物の群れに襲われた。

シヴは戦う術を持たず、ただひたすらに逃げた。

普通に走ったのでは追い付かれると、狼の姿になって。

この時のシヴはまだ力の制御ができず、狼といっても子犬と変わらない幼い姿にしかなれなかったが、人の姿で走るよりは遥かに速かった。

それでも、シヴは魔物に追いつかれた。

そこで死ぬのだと覚悟を決めたとき、一人の人間に助けられた。

それが――

「シヴゥゥゥゥっ！」

その声に、彼女の意識が、彼女の理性が一気に呼び戻される。

次の瞬間、シヴを襲っていたレスハイム王国の騎士たちの首が宙を舞い、血しぶきとともに倒れた。

その血しぶきの向こうに、シヴは彼の姿を見つける。

ジン・ニブルヘイムの姿を。

（また、助けてくれた——ジン様）

シヴはなんとか意識を保ち、自分の腕に刺さった槍を口に咥えて引っこ抜くと、元の人の姿に戻った。

途端に麻痺毒による作用と失われた血のせいで意識が遠のきそうになるが、それでも彼女はジンに伝える。

「……ジン様、ダークエルフ、半分裏切った。指揮、シンファイとハルナビス。仲間、牢の中。サエリアの兄も牢の中」

「そうか、ありがとう。よく伝えてくれた。今すぐ医者のところに運ぶからな」

「……ジン様、歩兵団、みんな、助けて」

「わかった」

シヴは伝えるべきことを彼に伝えると、安心し、ようやく意識を手放すことになる。

それでも、一秒でも長く、ジンのぬくもりを感じていたい。

そう願って。

※　※　※

「魔法による治療は後だ！　シヴ殿の体力がもたない」

「回復薬をありったけもってこい！　絶対に死なせるな！」

「毒の解析が終わりました！　後遺症の残らない麻痺毒です！」

「血が大量に必要だ！　城内にいる獣人をいるだけ連れてこい！　いそげ！」

シヴの治療が始まった。

かなり危ない状況だ。

もはや治療魔法で治療できる範囲を超えている。

「……ご主人様」

「アイナ、いざという時はお前の力でシヴの治療をしてくれ。俺の願いだ」

「今すぐ治療をしなくてもいいのですか？」

「可能ならば前例を作りたくない」

アイナの力を使えば、どんな大怪我でも治すことができる。

その前例を作ると、今後、大貴族や重鎮の本人や身内が重傷を負ったときにきっと俺に要求してくれるだろう。

どうか私を、妻を、父を、母を、子を治療してくれと。

そして、俺がそれを断ったとき、

「獣人族の代表は治したのにか！　陛下は私よりも獣人族を優先するのか！」

と言ってくることになる。

だが、その前例を作ることになったとしても、シヴには死んでほしくない。

本当なら今すぐシヴを治してくれとアイナに願いたい。

だが、あいつが一度意識を取り戻し、俺に言ったのだ。

『ジン様、シヴは自力で目を覚ますです。だから、アイナの力使ったらイヤです』

そう言って笑った。

死にそうなはずなのに、痛いはずなのに、シヴは笑って言ったのだ。

俺はアイナにシヴのことを任せ、会議室に向かった。

イクサ、サエリア、ロイだけでなく、各国の事情に詳しい文官も含めて会議室に集めた。

「現状は聞いたな。ダークエルフのシンファイとハルナビスが裏切った。大森林の防衛砦は既にレスハイム王国の支配下にある」

「陛下、それは本当なのですか⁉」

「シヴが命がけで持ち帰った情報だし、防衛砦がレスハイム王国の支配下にあり、一部ダークエルフが協力しているのは俺もこの目で見た。サエリア、ダークエルフがレスハイム王国、もしくはモスコラ魔王国に従う理由は何が考えられる？　単純に俺の求心力がないせいか？」

「……可能性として考えられるのは結界の維持の問題かと」

「結界の維持？」

「大森林の結界は前魔王サタナブルスにより解析されています。もしも今の魔王がその情報を前魔王から聞いていたのだとすれば、結界を破壊しない代わりに寝返ることを要求したのかもしれません」

結界がなければ、微精霊をとどめておくことができない。

そうなったら、世界樹が成長しても、木の精霊が誕生しなくなる。

なにより、瘴気が大森林を蝕んでしまう。

「それなら、裏切ったダークエルフが種族全員ではなく一部のダークエルフに限定されているのもわかります。ここで完全に陛下とダークエルフが敵対した場合、陛下の力があれば大森林ごとダークエルフの里を焼き払うことも可能ですが、大半のダークエルフが今回の謀反に加わっていないとなると、大森林に手を出した場合、残りのダークエルフも敵に回すことになりますからね」

ロイが自分の推測を整理するかのように述べた。

ニブルヘイム英雄国とモスコラ魔王国。

どっちが勝ってもダークエルフのどちらかが生き残り、世界樹と大森林を守ることができる。

まるで蝙蝠みたいな生き方だ。

傍から見たらそういう生き方もアリだと思うが、裏切られている当事者の立場で見ると腹が立つな。

「防衛砦に軍を送りますか？」

「ここで戦力を分散すれば、ガーラク砦の防備が疎かになります。いまいるガーラク砦の軍を大森林に送る余裕はありません」

文官の提案を聞いてもロイは首を横に振って言った。

防衛砦の南には岩山がある。

シヴはそこまで逃げれば騎馬で追って来られないと思っていたみたいだが、逆に俺たちも軍を送るのは非常に困難な地形であり、やはり大森林を越えないといけない。

しかし、その大森林の中はダークエルフにとっては庭のようなもの。

そんな場所に生半可な軍を送ることはできない。

ダークエルフの里にどれだけ敵がいるのかもわからないからな。

「防衛砦には俺が行き、砦の中に捕らえられている歩兵団と味方のダークエルフを解放する。そして、その歩兵団と一緒に防衛砦と大森林のダークエルフの里を奪還する」

「陛下、俺も同行します」

「イクサも来てくれ。ただ、最初は潜入になるからな」

「それならば私も一緒に行かせてください」

サエリアが言う。

防衛砦には彼女の兄たちが捕まっているというのもあるが、ダークエルフの汚名を少しでも返上するために、ここで活躍しないといけない。

そう思っているのだろう。

だが――

「悪い、サエリア。それは許可できない」

「何故ですか！」

サエリアが興奮するように言った。

いつも冷静な彼女が珍しいが、事情が事情だから仕方がない。

「サエリア様たち種族の代表の本来の役目をお忘れですか？　あなたは種族の代表としてこの場にいるのと同時に、謀反を起こさないための人質なんですよ」

「そういうことだ。牢屋に閉じ込めるようなことはしないが、サエリアの扱いは軟禁状態とする」

俺は説明をした。

ここで、「サエリアのことを信用しているから」だとか「汚名を返上するために命をかけて戦え！」と命令するのは容易い。

だが、それをすれば各部族の代表をこの地に集める組織の仕組みが崩壊する。

サエリアもそれはわかっているのだろう。

彼女は何か言いたそうにしたが、歯を大きく食いしばり、

「…………かしこまりました」

と頷くしかなかった。

会議が終わり、サエリアは自室に連行されていく。

悪いな、サエリア。

お前を連れていかない一番の理由は、本当は人質とかそういうのじゃないんだ。

俺はこの戦いで、恐らくシンファイを殺すことになる。

本当はお前に、父親を殺されるところを見せたくない。

ただ、そんな自分勝手な理由なんだよ。

たとえお前に恨まれることがあっても、それはもう決まっていることなんだ。

俺とイクサは夜を待ち、二人で再び防衛砦にやってきた。

本来、鬼族の代表をこのような危険な任務に就かせてはいけないのだろうけど、しかし、この戦いに同行させられるレベルの戦士がイクサくらいしかいなかった。

ガーラク砦に人員を取られているとはいえ、人手不足だな。

結界が張られているので、俺の転移魔法では砦の中に入ることはできない。

それが普通だ。

結界を無視してどこでも転移できるアイナの力が異常なのだ。

と言ったら、普通の魔術師は転移魔法を覚えられないって言われそうだけど、本に理論が書かれているということは過去には使えた人がいたわけで、前例があるというのは普通のことだ。

見張りはレスハイム王国が九割、ダークエルフの数は少ない。

だが――

「妙だな――」

「ええ……妙に隙が多いです」

見張りの数が少なく、大半はやる気がないように思える。

ここの東はモスコラ魔王国、西はダークエルフの住む大森林。

ダークエルフ、モスコラ魔王国ともにレスハイム王国と同盟を結んでいるのだとすればその間の砦の見張りに力を入れないのはわかる。

だが、中には捕虜となっている獣人やダークエルフたちがいるし、俺が転移魔法を使える情報は既にレスハイム王国の指揮官クラスにはいきわたっていることだろう。

かといって、あの人数の獣人やダークエルフの捕虜をこの短時間で別の場所に移送できるとは思えない。

最悪の可能性が脳裏を過《よ》ぎった。

この防衛砦には牢屋としての価値もない――つまりは捕虜になっているはずの獣人やダークエルフが全て殺されているという可能性だ。

そして、もう一つが俺を嵌めようとしている可能性だ。

俺がシヴを救ったことは既にレスハイム王国の耳にも入っているはずだ。

罠の可能性が一番高いな。

となると、中に入った途端、敵がわんさか現れる可能性もある。

いや、それならそれで別にいい。

全員返り討ちにしてやる。

「イクサ、わかっていると思うがここからの別行動――」

「はい。潜入であり、そして万が一見つかって人質を取られた場合は――」

「人質を無視して、敵を攻撃することを許可する。俺たちの目的は人質の救出ではなく、砦の奪還だ」

黒装束に身を包み、気配を消し、己の存在を闇夜に溶かす。

イクサも同じように気配を消した。

そして、別行動を開始する。

正面入り口も裏口も警備の兵が複数いる。

気付かれる前に気絶させることは可能だが、その場で見つからなくても見張りが気絶している、もしくは持ち場にいないことがバレたら騒ぎになるのは確実。捕虜が監禁されている部屋を探す時間を考えると、それもよろしくない。

だったら——と俺は砦の上を見る。

窓があった。

見張りの気配を確認しようとするが、うまく探れない。

ただ、ここなら多分平気だろう。

窓に跳ぶ。

扉はガラスではなく鉄格子が嵌められていた。

手刀で鉄格子を切り裂き、窓から中に入る。

このくらいの潜入は冒険者時代に何度か経験をしているから、慣れたものだ。

窓の中は無人の寝室だった。

改めて砦の人たちの気配を探る。

しかし、やはり気配がわからない。

結界の影響だろうか？

隠遁の結界は、ダンジョンの中などに使われることはあるが、こういう砦や城の中に使われるのは珍しい。

というのも、こんなものを建物の中に使ったら、侵入者に気付きにくくなる。

俺にとってはある意味有利であるが、しかし気配を頼りに捕虜の位置を探ろうとしていた俺にとっては不利でもある。

「さて、捕虜はどこにいるのかな」

こんなことなら、前に来たときに案内してもらったらよかったかな。

しかし、一つわかることは、ここは個室ではあるが、狭いことから中隊長クラスの部屋だろう。

よし、あの手で行くか。

俺は部屋の扉を開け、隣の部屋をノックした。

返事はない。

別の部屋をノックする。

返事がない。

別の部屋をノックする。

「誰だ？」

返事があった。男の声だが聞き覚えがない。

「例の件についてお知らせに参りました。中に入ってもよろしいでしょうか？」

「待て、鍵を開ける」

心当たりがあるのだろうか？

男が鍵を開けて扉を開ける。

五十歳くらいの髭面の人間族の男が現れ――即座に喉に手を押し当て声を出せなくすると同時に、彼を部屋の中に押し倒し、扉を閉め、鍵も掛ける。

「さて、俺の顔を見て正体に気付いたか？　気付いたら何度も瞬きをしろ」

男は何度も瞬きをした。

有名人はこういう時に得だな。

わざわざ名乗る必要もなければ、それを証明する必要もないのだから。

さて――

「大きな声を上げようとすると、人間は無意識のうちに息を大きく吸う。あんたには俺の質問に答えてもらう。正直に質問に答えたら生きて帰す。そして声を出すまで零コンマ数秒の時間を要する。俺の剣があんたの喉を貫くのとどっちが速いか試す気があれば大声で叫ぶがいい。その時は別の奴に同じことをする。あぁ、お前は知っていると思うが、嘘は言うなよ。さっきの部屋の奴は知らなかったんだろうな。嘘を吐いたせいで死んじゃったよ」

勇者に嘘を見抜く力はない。

嘘を吐いている目を感じることはあるが、シンファイを相手にしたときはわからなかったように、あれは完全ではない。

「わかったなら小さな声で捕虜の居場所を言え」

「ど、どうか命だけは助けてくれ。俺には生まれたばかりの子がいるんだ」

「正直に言ったら助けてやるよ」

「捕虜は食堂の倉庫と、第三倉庫、地下の第五倉庫、地下牢に部隊を分けて監禁している」

「警備が薄いようだが、理由は？」

「わからない。俺も人員不足の指摘はしているが聞き入れてもらえなかった」

「嘘を言っている感じはないな」

俺は頷くと、そのまま手に力を籠め、男の喉を握りつぶした。

もう一人、中隊長クラスの兵を尋問しても同じ答えが得られた。

砦の中は相変わらず人の気配が感じにくい。

途中、砦の中を移動しているレスハイム王国の兵をやり過ごしながら、俺は一番近い第三倉庫に移動した。

砦の中で見かけるのはレスハイム王国の兵ばかりで、ダークエルフはほとんどいない。

砦の周囲には何人かいたが、やはり数が少ないのだろう。

先ほど尋問した上に殺した兵の話では、砦内で裏切ったのはハルナビスと数十名のダークエルフのみ。全体の一割にも満たない。

そんな数でよく砦を制圧できたなと思う。

危険な状態のシヴから詳しく聞き取ることはできなかったが、その制圧術は見事だ。

そんな中、何故、ハルナビスはシヴだけを逃がしてしまったのか？

シヴの身体能力が優れているからというのはわかる。だが、だからこそ本来ならシヴの逃走には最も警戒し、絶対に彼女だけは逃がさないように計画を練るはずだ。

「ここだな？」

イクサは上手にやっているだろうか？

第三倉庫はここだな。

扉を開けた途端、中から敵が襲い掛かって来る可能性もあるので、扉の正面には立たずに開けた。

敵が出てくる気配はない。

中には、鎖に繋がれた兵たちがいた。

うちの歩兵団の連中とダークエルフが半々か。

獣人族の一人は無理やり鎖を外そうとしたのだろう。

縛られている手首と足首の部分の皮が捲《めく》れて悲惨なことになっている。

「陛下っ⁉」

捕まっていた獣人の一人が俺を見て声を上げた。

「しっ、静かに！　見張りはいないのか？」

「はい。我々だけです」

「陛下はどうしてこちらに？」

「シヴが決死の想いで知らせてくれたんだ。お陰で即座に動くことができた」

「シヴ隊長が……隊長は無事なのですね」

「ああ。いま城で治療を受けている」

鎖の鍵は見つからなかったので、剣で全員の鎖を切る。

そして、次元収納の中に入れていた武器と回復薬、食糧を全員に渡した。

「合図があるまでここにいてくれ。騒ぎになると他の部屋の救出に支障が出る」

「合図とは？」

「騒ぎになったら合図だ」

恐らく、第五倉庫にはイクサが向かっているはずだ。

となると、俺が次に目指すのは食堂の横の食糧庫と地下牢。

食堂には多くの人がいそうだし、地下牢は構造上警備をしやすい形になっている。

どちらも厄介だが、俺は地下牢を目指すことにした。

騒ぎになったとき、敵に立てこもられる恐れがあるし、重要人物がいるとしたらまずそこだ。

歩兵団の中でも指揮官クラスの連中は第五倉庫にはいなかった。さすがに大隊長クラスの兵なら俺も顔と名前と階級くらいは覚えている。

命の価値は平等と言う人もいるが、ニブルヘイム英雄国の士気を考えるとそういう人材の救助を優先するべきだろう。

地下牢の位置は一応聞いてはいるのだが、言葉での説明だけでは伝わらないところもある。

いっそのこと床をぶち抜いて一気に地下に行きたいが、ぶち抜いた先が地下牢だった場合、捕虜たちが生き埋めになってしまう。

素直に地下に続く階段を探すが、聞いた通りに進むと見張りとぶつかり、それを避けて移動すると話に聞いた場所がどこかわからなくなる。

館内見取り図とかないのかよ——と文句を言いたい。


だが、やはり妙だ。

敵の数もそうだが、もっと気になるのは練度の方か。

ここまで俺が侵入しても気付かないこともそうだが、やる気の問題だ。

自軍以上の数の捕虜を砦内に抱えるということは、自分の身体に爆弾を埋め込まれているようなもの。

だというのに緊張感をまるで感じない。

先ほど尋問した中隊長も、情報を漏らす速度が速い。

拷問された結果だったとしても、自軍の情報を漏らせば軍法会議で処刑になる。

そして——その疑問はさらに重なる。

地下に続く階段——そこの見張りが酒を飲んで寝ていたのだ。

寝ているフリではない。

いくら気配が読みにくくても、そのくらいわかる。

俺を誘い込むためにわざと酔いつぶれた？　いや、違う。

酒をやめられず、仕事中でも一人になったらこっそり酒を飲んで酔いつぶれる前科を持っている兵をわざと一人にして配置しているのか？

罠の可能性は高い。

だが、罠だとして、どんな罠を仕掛けている？

中に待ち伏せ？　そのくらいだったら可愛らしい。

いろんな可能性を感じる。

天井が崩落してきても、魔法を使えば防げる。人質を取られていたら――

イクサに言った言葉を思い出す。

人質を取られていたら、自分の安全を優先し、敵を倒す。

一人の冒険者だったら、俺はきっと別の選択をするだろう。

自分の身を犠牲にしても、仲間と呼べる人間がそこにいたら救おうとする。

だが、今の俺の立場を考えると、それは許されない。

ここまで単身で乗り込むのとは違う。

王っていうのはつくづく不自由な立場だ。

早く誰かに押し付けないといけないいな。

酔っ払って寝ている男の隣を通り過ぎ、俺は地下へと向かった。

誰かがいる。

見張り一人くらいだったら、昏倒させて――と思ったがその見張りの姿を見て俺はそのまま前に出た。

「お待ちしておりました、陛下」

「出迎えご苦労。なんでお前がここにいるんだ？」

俺は本来こんな場所で見張りをしているはずのない彼を見て言う。

まさか、この砦の司令官がたった一人で地下牢の見張りをしているとは思ってもいなかった。

「ここが私に与えられた新しい職場ですよ、陛下」

「とんだ閑職においやられたものだな。祖国を裏切ったからにはそれなりの地位が約束されていると思っていたよ」

「地位は必要ありません。私にとって、重要なのは世界樹の成長と木の精霊の誕生、ただそれだけです」

「それがダークエルフの悲願なのか？」

「私の悲願です」

あくまで、裏切りはダークエルフという種族ではなく、ハルナビス個人だと言いたいのか。

「さて、投降しろ。処刑は免れないが、お前の親族の処刑だけは勘弁してやるぞ？」

俺は剣の切っ先を向けて言った。

国の法律では内乱の犯人は司法の判断で三親等以内は処刑。一族郎党皆殺しってやつだ。

現代日本では考えられない法律だが、戦乱の世では結構普通の法律だ。そういう時代だから、家族を人質に取って城に住まわせ、それが忠誠の証になっているわけだし。

「まさか、俺に勝てると思っているんじゃないだろうな？　コアクリスタルの力はないが、勇者の力は失われていない。コアクリスタルの力を持ってた前魔王くらいは強いはずだぞ」

「存じております。陛下を裏切ると決めたその時から、命を捨てる覚悟はできています」

ハルナビスはそう言うと、懐から短剣を取り出した。

短剣で俺と戦おうっていうのか。

悪あがきでももう少しマトモな攻撃手段もあ…………っ!?

「待てっ！」

俺は地を蹴り、ハルナビスとの距離を一気に詰めるが、間に合わなかった。

ハルナビスの持っていた短剣が。彼の自分の喉を貫いたのだ。

俺は治療魔法を使えない。

いや、使えたとしても、この傷は治せない。

既にハルナビスは死んでいた。

階段を下ってくる足音が聞こえる。

振り返ると、イクサが地下にやってきた。

「ジン様、よくご無事で。食堂の倉庫にいた捕虜は全員解放しました……それで彼は？」

「自害した。牢の鍵だ、中の奴を解放してやれ」

ハルナビスの腰からぶら下がっていた鍵を取り、イクサに投げて言う。

くそっ、なんで？

こいつは俺を裏切ったのに。

シヴを苦しめたのに。

なんで俺に全て託したようなそんな笑顔で死ねるんだ？

「陛下、鎖で拘束されていましたが、大きな怪我はなく全員無事のようです」

「そうか。じゃあ、早速砦の奪還を行う。捕虜の中に裏切り者が交じっている場合もあるから気を付けるように伝えておけ」

俺はそう言って、地下牢から階段を上がっていく。

こうして、砦の奪還作戦が開始した。

さっき酔っぱらって寝ていた男は既にこと切れていた。

イクサが殺したのだろう。

「イクサは隠蔽の魔道具を設置している場所を探して破壊しろ！　気配が読めないのはやりにくい。敵の大将がいる部屋がわかる奴は案内を頼む！」

「はっ、私が――」

猫獣人の一人が申し出た。

彼の案内で敵将のいる部屋へと向かった。

敵将の部屋は流石に警備がいるようで、部屋の前にレスハイム王国軍の見張りが二人立っている。

「あの部屋がハルナビスの使っていた部屋です」

とその時、砦の魔道具が破壊されたのだろう。

気配が読みやすくなった。

人の気配がわかる。

中央の部屋に一人、両隣の部屋に五人ずつ、
全員寝ているようだ。

だったら——

俺は真っ向勝負に出た。

こそこそ動くのも飽きたところだ。

真っすぐ敵に向かっていく。

「敵だっ！　起きろっ！」

敵が俺に気付いて声を上げるが、それが最期の言葉となった。

二人の兵を剣で倒し、さらに両サイドの部屋から出て来た敵兵も全員剣で倒す。

襲撃から武器を持って出て来るまでの時間は短いが、寝ぼけた状態で俺に勝てるわけがないだろう。

安心しろ、俺のこの剣は魔力を纏わせなければただの鈍《なまく》らだからな。

打ちどころが悪くなければ峰打ちのようなもんだ。

それにしても、司令官はこれだけ騒いでいるのに、まだ寝ているようだ。

俺が扉を開けて中に入ると、部屋のベッドに体格のいい男が一人寝ていた。

「おい、起きろ！」

「なんだ、急ぎじゃないなら明日にしろ」

まだ寝ぼけているのか？

俺は男を蹴飛ばしてベッドから落とす。

「何をする——貴様、誰だっ！　所属を言えっ！」

こいつ、まだ自分の立場がわかっていないのか？

ここまでいくと才能だな。

「ニブルヘイム英雄国、英雄王ジン・ニブルヘイムだよ」

「何をバカなことを言ってるんだ。冗談を聞いている場合じゃ」

俺はもう一度蹴飛ばした。

巨大な身体がボールのように吹っ飛んで壁に激突する。

「冗談で言うかよ。司令官だから捕虜にしたら交渉材料になるかもって思ったが——」

「本当か⁉　本当にジン・ニブルヘイムか⁉　おい、誰か！　誰か集まれ！」

と言っても入ってきたのは俺をここまで案内した猫獣人のみ。

「見張りと隣の部屋にいた奴なら全員殺したぞ」

「バカな！　全員砦の精鋭だぞ！　それが音も立てずにやられるだとっ⁉」

音は立ててたぞ。お前が気付かなかっただけだろう。

「で、お前は誰なんだよ」

「わ、私はレスハイム王国四大侯爵家のシーノ侯爵家三男、ゴクツブ・シーノだぞ！　蛮族の王に名乗る名なぞない！」

「名乗ってるじゃねぇか。とりあえず気絶しておけ」

俺は顎に一発拳を食らわせて男を昏倒させる。

しかし、こんな無能を司令官に据えるとはレスハイム王国は何を考えているんだ？

そう思った時だ。

何かが身体を包み込む。

これは——俺は魔力を集中し、火を生み出そうと試みるが、火が大きく歪む。

魔法を使えないことはないが、安定しない。

魔乱の結界が張られたのか。

これだと精度が必要な転移魔法が使えないぞ。

「陛下っ！　物見櫓を占領中に防衛砦に侵攻中の敵軍を発見！　数およそ三千！」

「なんだと？」

防衛砦で捕虜を救出してまだ一時間も経っていない。

防衛砦への輸送隊ではないかとも思ったが、明らかにこの防衛砦を囲むように軍を配置しているとのこと。

ああ、そういうことか。

この防衛砦は時間稼ぎのための囮に使われたってことか。

「敵はたったの三千です。英雄クラスの将軍がいる気配もありません。籠城する必要もありません。俺とジン様の二人で倒せるのでは？」

「三千だったらな。だが――」

俺はある予感がしていた。

だから、斥候の可能な兵に指示を出して調べさせていた。

その斥候の兵が戻って来た。

「陛下の仰った通りでした。大森林側にレスハイム王国の兵が展開されています。森の中なので正確な数はわかりませんが、少なく見積もっても二千」

やはりな。

砦の敵兵の数が、シヴを救出に来た時と比べて遥かに減っていた。

「敵の狙いは挟み撃ち、そして陛下の命ですか」

「いや、敵の狙いは俺をここで足止めして、その隙にガーラク砦を奪うことだと思う」

「ガーラク砦ですか？」

「どういうことです？」

「まず、捕虜の扱いだ。本来、この防衛砦は捕虜を捕えているには向いていない。実際、捕えられていた捕虜は地下牢だけでは収まりきらず、四カ所に分けて閉じ込めていただろ？　国際法を守って捕虜を生かしておくにしても、レスハイム王国の立場からすれば、捕虜はモスコラ魔王国内に送るはずだ。だが、捕虜のほとんどは砦の中に残っていた。いなくなっていたのは、治療魔法を専門とする衛生兵のみ」

数が数だけに全員を送ることはできないはずなので、何人かは砦の中に残っていると思っていたのだが、まさか全員砦の中にいるとは思わなかった。

「そして、俺たちをここで殺そうと思っていたのなら、食糧庫の食糧が多すぎる。わざわざ挟み撃ちにするんだ。だったら、敵はまず兵糧攻めを狙うはずだろ？　なのに、食糧庫の食糧は十分にあった。俺たちがこの砦に運んできた物資もほぼ手付かずの状態でな」

何故、兵糧攻めをしなかったのか？

もしも食糧が無かったら、俺は兵を率い、脱出を図っただろう。

何人か犠牲になったとしても、籠城すれば食糧が尽き全員死ぬ。

だが、食糧が十分あったら？

俺には選択肢が与えられた。

籠城するか、脱出するか。

ここでネックになるのが、捕虜となっていた兵だ。

彼らの体調は万全ではない。

毒は命を奪うものではないが、しかし強力なものだった。

斥候に向かわせた兵のように走れる者も何人かはいるが、大半は歩くのがせいぜいだ。

逃走劇を繰り広げるには無理がある。

俺が守りながらでも、逃げられるのはせいぜい二割、いや、一割か。

九割の兵を見殺しにしてしまう。

だが、時間があれば？

一ヵ月、いや、二週間あれば治療魔法を使わなくても毒は完全に抜ける。

その期間の食糧は十分にある。

「俺をここに二週間足止めすることができれば、ガーラク砦を占領できると思ってるんだろうな」

「陛下、その紙には何を書いているんですか？」

「こっちの現状と指示を伝えようと思ってな。日本語――俺のいた世界の言葉で書いているから、アイナ以外には読むことはできない。わざわざ暗号とか解読表もいらないから楽でいいよな」

俺はそう言って、伝書鳥の足に括り付けて放つ。

この鳥は鳩よりも帰巣本能が強い魔物の一種だ。

九割以上の確率で王都にある自分の巣に戻ってくれる。

それを十羽も放つのだ。

一羽くらいは届くだろう。

「さて、ちょっと寝るか」

「お休みですか？」

「ああ。敵の狙いが時間稼ぎだったら、もうあれ以上は近付いてこないだろう。とはいえ、俺たちを疲れさせるために嫌がらせのような小規模の攻撃をしてくるかもしれないから警戒は怠らないように言っておいてくれ。俺はハルナビスの部屋を……いや、あのデブが使っていた布団を洗わずに使うのはイヤだな。どっか空いている部屋を使って寝させてもらうよ。イクサも指示を出し終えたら休めるうちに休んでおけよ」

俺はそう言って、欠伸をかみ殺した。

今日は朝から動きっぱなしだったな。

果報は寝て待てっていうが、敵の動きも寝て待つのが一番だ。


一週間が経過した。

敵は時々思い出したように砦を攻めて来るが、攻めて来るのはせいぜい数十人から百数十人で、こちらが矢を射たら逃げていく。

そして、ニブルヘイム英雄王である俺――ジン・ニブルヘイムはというと――

「料理できたぞ！　さっさと運べ！」

防衛砦の料理長に就任していた。

王城にいたときから、アイナ専属のパティシエのようなものだったし、そう考えてみれば王城にいても防衛砦にいてもやってることは変わらないと思うべきか？

面倒な貴族の相手をしなくてもいいだけこっちの方が楽かもしれない。

身体を動かしたくなったら、イクサや体調がよくなった兵と模擬戦もできるし、窮屈だって思ったら、たまに攻めてくる敵兵をぶん殴って連れ帰って牢屋に押し込めるというストレス解消法まである。

それに、この料理は単純に趣味というわけではない。

「どうだ？　今日の飯は」

「はい、とても美味しかったです」

「陛下の料理を食べたら、段々と元気になっていく気がしますよ」

元気になっていく気がする……か。

気分ではなく、本当に元気になってもらっていないと困る。

そのために料理を作っているのだから。

俺の次元収納には多種多様の食材が入っている。中には薬としても使えるものもあり、ドクダミのような、身体の毒素を外に排出する手助けのある薬草を料理に使用することで、少しでも皆の体力を回復させようというのだ。

医食同源ってやつだ。

これが結構効果が出ている。

これならば、思ったより早く計画に移せる気がするな。

と思ったとき、イクサが一枚の紙を持って俺の下を訪れる。

なるほど、あっちも思ったより早く行動に移していたな。

※　※　※

ガーラク砦の兵は疲弊していた。

レスハイム王国軍の度重なる猛攻を何度か凌いではいるが、怪我をして動けない者は日々増えていき、魔法薬の在庫は段々と減っていく。

攻城兵器によって城門は随分とボロボロになり、破壊されていないのが不思議なくらいだ。

「――将軍」

「外の矢を集めるように伝えておけ。ご丁寧なことに毎度毎度大量の矢を射てくれるから、矢の在庫には困らないな」

トラコマイは何か言いたそうな部下にそう命令を出す。

部下の言いたいことはトラコマイにもわかっている。

彼はこの砦を放棄して撤退することを進言したかったのだろう。

だが、それは許されない。

広大な領地を誇るニブルへイム英雄国にとって、この砦と周辺の土地を奪われたところで、失う土地の割合は全体の一パーセントにも満たない。

だが、現在、ダークエルフの裏切りという前代未聞の事件が起きている。

ここで難攻不落と言われたガーラク砦が落とされてしまったら英雄王陛下の権威が失墜し、下手をすれば他の部族の裏切りを誘発する恐れがある。

それを理解しているからこそそのレスハイム王国の猛攻なのだろう。

「儂は存外、あの陛下のことを気に入っていたのかもしれんな」

トラコマイがジン・ニブルヘイム英雄王に会ったのはたったの一度だけ。

しかし、その一度で彼はジンのことを気に入ってしまった。

その強さではなく、在り方に。

「安心しろ、儂も長年この砦を守り続けてきた。引き時を間違えるようなヘマはしない。ほら、さっさと矢を集めるように指示を出せ。それと、矢の回収が終わったら酒蔵の上物のエール、一人三杯までは飲んでいいと伝えろ」

「よろしいのですか？」

「いい。儂が許す」

今夜は敵も来ない。

今日の敵の出方を見ると、明日、大規模攻勢を仕掛けてくるのは目に見えている。

トラコマイは最悪、十万の敵がこの砦を攻めてくると予想を立てていた。

その数が一斉に攻めてきたら、いくら堅城と呼ばれるこの砦も一たまりもない。

砦を放棄することになったら、どのみち酒を持って逃げる余裕などない。

だったらここで部下が飲んだ方が遥かにマシだ。

トラコマイはそう試算した。

「もしも敵の攻撃に耐えることができたら、その時は陛下に極上の酒をご馳走してもらうぞ」

トラコマイはそう言って、部下に見張りを任せ、明日の戦いに備えて寝所に向かった。

三度の飯よりも酒を望み、たとえ世界が滅ぶ前日でも酒を飲むと豪語していた彼が、その日だけは一滴も酒を飲むことはなかった。


そして、夜が明ける。

「おいおい、嘘だろ」


敵発見の鐘の音を聞きつけ、城壁に上がったトラコマイはその光景を見て思わずつぶやいた。

まだ遠方ではあるが、それでもわかる敵兵の数。

その数、目算でおよそ二十万が、朝日とともに進軍してきたのだ。

予想していた最悪の倍の敵兵に、トラコマイの頭には撤退の二文字が過ぎった。

(陛下、これは防ぎきれそうにねぇぞ。こっちに来るなら早く来てくれよ)

※　※　※

大森林防衛砦の中で、最後の作戦の決行の時を待っていた。

防衛砦を捨て、大森林のダークエルフの里を奪う。

どのみち、ダークエルフの里が敵の手に落ちている状態ではこの砦に価値はない。

砦を守っている者の中で、獣人歩兵の回復が一番早く、ダークエルフの回復が遅い。

どうやら食事に含まれていた毒に魔力を狂わせる成分の毒が含まれていたらしく、今も魔法は使えない状態だ。

それでも走って移動するくらいはできるようになってきた。

俺の食事の効果――と言いたいが、実際は彼らのリハビリの効果だろう。

かなり頑張ってくれた。

「ジン様。リハビリの効果と仰いますけど、絶対陛下の作った薬草ドリンクのせいですよ」

イクサが半眼で言う。

「せめてお陰って言えよ」

俺はそう言って、次元収納から薬草類を取り出して、ひたすら切り刻んで水と混ぜる。

それを見ていた他の奴らもイヤそうな顔をしていた。

「あの、陛下。前みたいに料理に混ぜるのではダメなのですか？」

「そりゃ、最初の頃はみんな虜囚生活で体力が弱っていたからな。そんな時に刺激の強い薬は飲めないだろ？　いまはだいぶ回復してきたからこれを飲んでも平気だよ」

そう言って人数分の薬草ドリンクを用意した俺は皆に振る舞った。

全員、微妙な顔をしている。

これがゲームだったら、皆の体力値が回復すると同時に忠誠度が下がる――そんなメリットとデメリットを兼ね備えたようなアイテムだな。

「ほら、俺も飲むから――まずい、もう一杯！」

「どうぞ」

イクサが自分の分の薬草ドリンクを俺に差し出してきたが、それはお前が飲め。

体力回復だけでなく、向上の効果もあるから、これからの戦いに必要なんだ。

「さて、諸君。いよいよ立ち上がる時が来た」

薬草ドリンクを飲み終えた俺は砦の入り口でそう宣言する。

「レスハイム王国とモスコラ魔王国の狡猾な作戦により我々は共に戦う仲間と袂《たもと》を分かつこととなった。彼らには彼らの正義があった。特にダークエルフの皆は今も悩んでいると思う。だが、俺はダークエルフの里に行ったとき、世界樹に頼まれた。里の皆を救ってほしいと。彼らもこの裏切りに苦しんでいるはずだ。俺たちは彼らを苦しみから解放しなくてはいけない。本来ダークエルフが持っているはずの一族の誇りを取り戻すためにも。そして約束する。俺は必ず世界樹を守ると」

誰もが黙って俺の言葉を聞いていた。

「この戦いは復讐ではない。これは我々の誇りを取り戻すための戦いだ。だから、諸君らはこの戦いに一本の芯を持ち、戦いに臨んで欲しい。そして里を取り戻したときはまずい薬草ドリンクではなく、勝利の美酒で祝おうではないか！」

その言葉に、兵たちが一気に雄叫びのような声を上げた。

彼らと一緒なら、これからの戦いも勝てるだろう。

「ジン様、見事な演説でした。復讐ではなく誇りを取り戻すための戦い、心に響きます」

「そうか？　もしかしたらこれ以上薬草ドリンクを飲まなくてもいいからと士気を上げているのかもしれないぞ」

「実は俺もそれでやる気になっています」

イクサが笑って言った。


夜明けを待ち、砦から出撃し大森林へと突撃をする。

いまのところ敵の気配はない。

「敵、距離五百、七度とマイナス七度に伏兵、数はそれぞれ百！」

「臭い確認、人間の匂い！　レスハイムの兵！」

「第三部隊、右方より回り込みます」

「第五部隊、左方より回り込みます」

ダークエルフの二つの部隊が伏兵の背後に回るために隊を離れる。

そして、伏兵の動きにいち早く対応できる獣人部隊が俺の前に出る。

俺たちはさらに加速した。

左右から矢が飛んでくる。

獣人部隊はそれを見越して、背負っていた大盾で矢を防ぐが、全ての矢を防げず、何本かは脚や腕に刺さった。

そして、矢が止まったかと思うと敵兵の悲鳴が聞こえてきた。

背後からのダークエルフ部隊の襲撃が成功したのだろう。

騙し合いはこちらの方が上だったらしい。

即座に混戦が始まる。

俺はその中である人物を探し、見つけた。

そいつも俺を見つけていた。

白金の鎧に身を包んだ騎士。年齢は七十歳くらいだろうか？

本来ならとっとと引退して隠居しろって言いたいような年齢だが、しかしその覇気は以前戦ったザックス・ドナントに勝るとも劣らぬ。

間違いなく英雄の領域の剣士だ。

「俺は英雄王ジン・ニブルヘイムだ。名を聞こう」

「ホナード・マクウィスと申す」

「聞いたことあるな。イルサベア戦争の英雄か」

四十年前にレスハイムに組み込まれたイルサベア王国。

たった一人で五千の兵の進軍を三日間止めたという伝説の英雄だ。

しかし、その間にイルサベア王国の王弟が謀反を起こして国王と生まれたばかりの王子を惨殺、レスハイムに投降したことで戦争は終結した。

その後、ホナードは国民を盾に取られ、レスハイム王国の将軍となったと聞いている。

「謀反によって主を失ったお前が、ダークエルフに謀反を唆《そそのか》すような軍の指揮を取るとは皮肉だな」

「この戦いに大義がないことくらい百も承知」

「古き武人は名誉より勝利を選ぶか？」

「祖国を守って死ぬはずだった儂が、謀反により奪われた。それから儂は死に場所を求めていた」

「なら勝手に死ねよ。うちの国を巻き込むな」

「尋常に相手を願う」

ホナードの姿が一瞬揺らいだ――直後、肉薄する距離に迫っていた。

速い。

剣を抜くのが○・一秒でも遅かったらほんの少しだけ危なかった。

さっき、ザックス・ドナントに勝るとも劣らぬと言ったが、訂正する。

こいつはザックスより遥かに強い。

だから――

「敬老の精神で少し付き合ってやろうと思ったが、手加減できなかったよ、ホナード・マクウィス」

「……それでいい……感謝す――」

ホナードが倒れる。

俺は血がついた剣を彼の背中に突き刺してトドメを刺した。

その剣は既に大きく欠け、使い物にならなくなっている。

次元収納から別の剣を取り出し、俺は前に進む。

仲間とともに。

何度かレスハイム王国の伏兵を撃破しながら、俺たちはダークエルフの里に到着した。

以前見たときのような光景はない。

とても閑散としていた。

猫の子一匹見当たらない。

俺たちはダークエルフの里を真っすぐ進み、サブクリスタルが設置されている建物に向かう。

「ジン様」

「ああ、いるな」

この気配、覚えがある。

「お待ちしておりました、陛下」

そこにいたのはシンファイだった。

「お前ひとりか？　他の奴らはどこにいる？」

「こちらに」

彼がそう言って取り出したのは木の箱だった。

その箱の中には、ダークエルフの首が詰められていた。

一人のダークエルフが声を出して嘔吐する。

血がまだ乾いていない。

死んでからまだ時間が経っていないのか。

「殺したのか?」

「ええ。皆、自らそれを選んでくれました。ここを争いに巻き込むわけにはいきません。かといって、それまでに自死すればそれはレスハイムへの背信とみなされ、結界が破壊されます。だから、この時しかなかったのです」

「最初から死ぬつもりだったのか。お前も、ハルナビスも」

「世界樹を、結界を守るためです」

「バカなことを……お前らが死んだあと、レスハイムの奴らが約束を守ると思っているのか?」

俺の問いに、シンファイは応えない。

それでも自分には選択がなかったのだろう。

「陛下！　竜です！　東より炎竜の群れがこちらに近付いてきています！」

外で見張りをしていた兵が入ってきた。

「シンファイを捕えておけ！　あとサブクリスタルを起動させろ！」

シンファイを捕えるように指示を出して外に出ると、見張りの言う通り、赤い竜がこちらに近付いてきた。

その数五十。

しかもそのすべてにレスハイムの兵が騎乗している。

「レスハイム王国ご自慢の竜騎士団か」

圧倒的な戦力にもかかわらず、戦場に滅多に現れない幻の竜騎士団がここに現れるってことは、どうやら俺のことを本気で殺したいらしい。

まぁ、厄介だよな。

なにしろこの結界の中では魔法は使えない。

魔法を使うと精霊の力により暴走してしまう。

だが、炎竜が吐く火は魔法ではないから暴走はしない。

空からの攻撃なら弓矢も届かないだろう。

奴らは一方的に俺たちを攻撃できる。

森に逃げることもできない。

森に炎を放たれたら厄介だな。

俺は何時間も息を止められるし、炎の中も突っ切ることができるが、他の奴らはそうはいかない。

竜の口から炎の玉が飛んできた。

俺は新しい剣でその炎の玉を切り裂き、剣を力の限り投げた。

俺の投げた剣は竜の翼を切り裂いた。

翼を切り裂かれた竜は落下し、地面に激突して死んだが、他の竜はさらに上空に移動する。

あの高さだとさすがに剣も届かないか。

倒すには魔法しかない。

指に魔力を纏わせると、拡散して暴走しそうになる。

こんなところで魔法を使ったら俺を中心に大爆発を引き起こすぞ。

魔法で当てるのは無理か。

「ジン様が跳んで剣を投げるのは無理ですか？」

イクサが無茶を言ってくる。

「跳びながらだと踏ん張りが効かないから飛距離が出なかったよ」

「試したことあるんですか？」

「冒険者時代にな。イクサ、ここに旗を掲げろ！」

敵の狙いは俺だ。

だったら、俺に集中砲火させれば、他の奴らが狙われる確率が下がる。

効果は抜群で、炎竜が吐く炎の玉は真っすぐ俺の方に飛んできた。

俺はそれを剣で斬る。

俺を疲れさせる作戦だろう。

次々に炎の玉が飛んでくる。

「お前ら、こっちに近付くんじゃねぇぞ！」

俺はそう言って剣で火の玉を斬り続けた。

一時間が経過した。

さっき立てた旗は攻撃の余波を食らってとっくに燃え尽きている。

髪もだいぶチリチリになってきた。

いやぁ、かなりヤバいな。

こんなに追い詰められるのはレッドアントと戦って以来か。

あの時と違って一人で逃げることなら容易いが、しかし、いまは仲間がいるからな。

俺は次元収納から一つの石を取り出した。

声を何十倍にも大きくすることができる拡声石というものだ。

『おい、てめぇら！　そんな生ぬるい攻撃いつまで続ける気だ？　そんな攻撃効かないぞ！　もっと近付いたらどうだ、臆病者め！』

我ながら安い挑発だ。

『堕ちた勇者ジンに告げる。我々に投降し、その証として隷属の腕輪を着けろ。そうすればそこにいる其方と仲間は見逃してやろう』

相手から聞こえてきたのも安い交渉だ。

そんなことをして、レスハイム王国がこの国の実権を奪ったら、いったいどれだけの人間以外の種族が苦しめられることになるか。

ここにいる兵の比ではない数の民が苦しむことになる。

単純な足し算の問題だ。

まぁ、敵もそんな交渉がうまくいくとは思っていない。

俺の発言も、時間稼ぎと思っていることだろう。

ご丁寧に交渉中も炎の玉は止まることはないので体力を回復させることはできない。

だが、この作戦は俺の勝ちだ。

敵が俺に集中している間に――

「間に合ったな」

俺は彼女の気配を感じたから。

「ジン様！　シヴ、高く跳べ！」

駆け付けた巨大な狼のシヴが跳んだ。

そして俺もまた跳ぶ。

炎竜の炎の玉がシヴに標的を変えたが、俺は彼女の背に立ち、その炎を切り裂く。

ここからなら剣を投げても届く。

だが、それでは全ての炎竜を倒すのは不可能だ。

「少し痛いが覚悟してくれ！」

俺は彼女の背中を踏みさらに上空へと跳躍する。

その高さは既に炎竜の位置にまで達していた。

そして、俺は風の魔法を放った。

俺の魔力を吸った微精霊が風の精霊に昇華し、大魔法となって暴発、制御不可能な強風が炎竜たちをも呑み込んだ。

俺も地面にたたき落とされたが、勇者の力と戻ったコアクリスタルの力。

その両方のお陰で軽いかすり傷程度で済んだ、むしろ――

「大丈夫か、シヴ」

「背中痛いです――」

シヴが人間の姿に戻って倒れていた。

思いっきり背中でジャンプしたらそうなるよな、悪い。

「シヴ、伝書鳥からの手紙で聞いてはいるんだが、怪我はもういいんだな？」

「さっきまでよかったのですが、いまは痛いです」

「悪かったって。今度一緒にうまい肉食べに行こう」

「デートですっ⁉」

肉食べに行くだけだぞ？

いや、でも男が女の子を食事に誘うのはデートか。

「ところで、シヴ。俺は今日、お前が率いる援軍と合流する予定だったのに、なんでお前が一人で来てるんだ？」

「途中までみんなと一緒だったです。でも、ジン様と火の匂いがしたから、シヴ、一人で駆け付けたのです」

「おいおい、軍を率いる将軍が軍を置き去りにして一人で来たのかよ……」

俺が言えた義理じゃないが、それでいいのか？

でも、それならこっちの問題は解決だな。

「ジン様、急いでガーラク砦に援軍に」

「いや、あっちも大丈夫だろう」

※　※　※

二十万のレスハイム兵がガーラク砦を目指して進軍してくる。

もう撤退するしかない。

あとはその時期を考えるだけだ。

早い方が助かる命も多い。

トラコマイが指示を出そうとしたその時だった。

「伝令！　南方よりさらに所属不明の敵兵、十万が現れました」

「なんだとっ⁉」

終わりだ。

そう思った時だった。

その新たに現れた軍十万はガーラク砦ではなく、レスハイム王国軍二十万に対して攻撃を始めたのだ。

「新たに現れた軍の所属がわかりました！　アルモラン王国軍です！」

「アルモランだとっ⁉」

アルモランは確かにここから近い。

だが、何故、レスハイムとアルモランがいきなり戦争を始めたんだ。

そう思ったら、アルモランの国旗を掲げた少数の部隊がこっちに近付いてきた。

少数の蜥蜴人族と――

「そうか、そういうことか」

トラコマイは砦から降りて、その部隊を迎えた。

「遅くなってすみません。淫魔族代表のローリエ、アルモラン王国軍十万の援軍とともに参りました」

蜥蜴人族と一緒にやってきた淫魔族の女性――ローリエが言った。

「驚いたな。まさかアルモランの奴らと同盟を結んだとは。一体どうやったんだ?」

「陛下の力ですよ。陛下、冒険者時代はずっとアルモランにいただけあって、あの国の王族とも繋がりがあったみたいなんです。元々アルモラン王国は多国籍国家であり、その在り方はレスハイムよりも我が国に似ていますし。親書を持って行ったら快く同盟に応じてくださいました」

「嬢ちゃん、話しているところ悪いが、俺たちはもう行かせてもらうぜ。戦争で手柄を立てて、ミランダちゃんへのプレゼント代を稼がないといけないんだ」

「はい、私はここまでで結構です。ありがとうございました、ダルクさん」

「おう！　行くぜ野郎ども！　手柄を挙げろ！」

そう言って、蜥蜴人族たちは戦場へと向かった。

(気配でわかるが、あのダルクという蜥蜴人族、かなりの腕前のようだな)

それに——トマコマイは戦況を確認する。

数の上ではまだこちらが不利だが、不意打ちの敵の出現にレスハイム王国の兵は浮足立っている。

「この戦いも終わりだな」

トマコマイがそう言ってから三時間後、レスハイム王国軍は撤退したのだった。

エピローグ

戦争が終わった。

レスハイム王国の兵は完全撤退を決めた。

竜騎士団を失っただけでなく多くの兵を失った。

今回の戦で利を得たのは、モスコラ魔王国の連中だろう。

彼らは俺たちが放棄した防衛砦を占拠し、自国の領地であることを周知させるためにその砦の傍に街の建設まで始めた。

暫くは様子見となっている。

とりあえず一件落着なのだが、本来の王の仕事は戦争が終わってからが本番かもしれない。

戦地に赴いて前線で戦う俺が特殊なのだ。

やることは成果をあげた部下に褒章を与えること。

そして、罪を犯したものには罰を与えること。

会議において、シンファイは百の鞭打ちの後、斬首とする死刑となった。

この罪は最も重い第一級犯罪者の処罰法だ。

そして、その罰を願い出たのは、娘のサエリアだった。

種族を守るため、族長の裏切りに最大の罰を与えなければいけない。そしてサエリアがそれを願うことで、ダークエルフの忠誠を形とする。

そういうことなのだろう。

シンファイはそれを受け入れた。

処刑人による鞭打ちによって肉が削がれ、骨まで見えるような状態になっても彼は一言も悲鳴を発することはなかった。

そして、それをサエリアとその兄弟姉妹たちは視線を逸らすことなく見届けた。

俺が剣を持って前に出る。

「いま楽にしてやる。安心しろ、お前への罰で、ダークエルフの罪は帳消しにしてやる」

「……陛下、ありがとうございます」

「それと、世界樹の結界だが、心配するな」

俺はそう言って天を仰いだ。

その仰いだ先には、雲を貫くような巨木が聳《そび》え立っている。

その周辺に舞っている緑の光はきっと木の精霊だろう。

「これは夢……ですか？」

「現実だよ。これでもう結界も必要ない。お前らが裏切る理由はなくなった。言い残すことはあるか？」

「いえ、陛下に最大の感謝を――」

「……そうか」

俺は剣を振り下ろした。

シンファイの目蓋に世界樹の姿を焼きつかせたまま、俺は彼を殺した。

「ご主人様、お疲れ様でした」

「疲れてねぇよ。それより、アイナ、魔力は？」

「ご主人様の願いを叶えて空っぽですよ。暫くは願いを叶えられないです」

「そうか。おはぎやるから少し休んでろ」

俺はそう言って、次元収納から取り出したおはぎを皿に盛ってアイナに渡す。

最初からこうしたらよかった。

アイナの力で世界樹を成長させれば――だが、シンファイが裏切ったときにはもう手遅れだった。

裏切ったシンファイのためにアイナの願いの力を使えば、それは裏切りを交渉の材料として認めたことになり、他の部族の裏切りを誘発する可能性に繋がる。

だから、俺はこの手で裏切りを鎮圧しなくてはいけなかった。

シンファイを処刑しなければいけなかった。

「陛下、種族を代表して礼を言います。ありがとうございました。許されるならばこのサエリアの名を捧げることで忠誠の証とさせてください」

「礼を言われることはしてねぇよ……俺はお前の親父と叔父さんを殺したんだぞ」

「それでもです。ありがとうございます」

サエリアが俺の目を見て言った。

そして、サエリアと一緒にいたイクサ、シヴ、ローリエたちもまた俺を同じように見る。

本当に……なんで俺のところに来る代表はそんな風に俺のことを見ていられるんだ。

これじゃ、適当に王の座を押し付けてさっさと引退なんてできないじゃないか。

「さっさと王都に帰るぞ。褒章式の準備をしないといけないな」

俺は皆に言った。

すると、

「陛下、褒章式のための資金がたりないって、ロイちゃんが言っていたわよ？」

「ダンジョンに潜っていただく必要がありますね」

ローリエとサエリアがそんなことを言った。

「俺もお伴《とも》させてください。いい修行になりそうです」

「シヴも！　シヴも一緒に行きたいです！」

イクサとシヴがダンジョンへの同行を申し出る。

こりゃ、王都に帰っても休む暇はなさそうだな。

世界の半分も貰ったばかりに、今後も俺の人生は大変そうだ。

※　※　※

アイナは世界樹を見上げ、そして気付いた。

「世界樹が成長したことで、この世界そのものが成長している……」

ジンが地球に戻ることができないのは、地球のある世界がこの世界より上位の次元にあるから、その差のせいで転移ができない。

しかし、その差がほんの僅かであるが狭まった。

もしもジンがこの先、世界を成長させることができれば、その世界の次元の差が地球の次元に追いついたら、ジンは地球に戻ることができるのではないか?

「おーい、アイナ！　なにしてるんだ。置いていくぞ！」

「待ってください！　置いていかないでほしいです！」

アイナはそんな不安を振り払うかのように、元気な声で馬車を追いかけたのだった。

特別ページ

キャラクターガイド

本作に登場する主なキャラクターを、
福きつね氏のデザイン画とともにご紹介！

キャラクターデザイン　**福きつね**

邦《ほう》来《らい》仁《じん》／ジン

高校生の時に異世界に召喚され、勇者の力を手に入れた日本人。召喚されたレスハイム王国を逃げ出し、アルモラン王国で「ジン」と名乗り暮らしていたところ、アイナと出会う。

アイナ

願いの魔神。数千年前、前の主人の最後の願いによって、自分自身を鎖で縛り、ダンジョンの奥に封印されていた。ジンと契約を結び、ジンの配下になる。

イクサ

鬼族の族長の息子。ジンが治めることになったニブルヘイム英雄国の近衛兵長。

シヴ

獣狼族の族長の娘。狼耳の生えた白髪の少女。ニブルヘイム英雄国の歩兵団長。

ローリエ

淫魔族の代表。淫魔族の食事は人の精気なため、基本的にワイン以外は口にしない。ニブルヘイム英雄国の諜報部部長。

サエリア

ダークエルフ族の代表。
褐色肌に白髪の知的美
人女性。ニブルヘイム
英雄国の魔法師団団長。

モニカ

ジンの専属メイドを務める人間の少女。素朴な、そばかすっ子。

ロイ

淫魔族の少年。真面目な頑張り屋で頭が良く、宰相候補としてジンの城に連れてこられる。

あとがき

『世界の半分が欲しいって誰が言った⁉』をお買い上げくださいまして、ありがとうございます。新紀元社様から四年ぶりに出す完全新作になっています。

さて、私はこの作品において、一つ大きな悩みがあります。

本作品のメインヒロインは一体誰なのか？

アイナとシヴの二人のどちらかだとは思うのです。

最初に登場した女の子や物語の根幹を担っている立場で言うならアイナなのですが、主人公との関係性を考えるとシヴな気もします。悩みます。「結婚相手にビ〇ンカを選ぶかフ〇ーラを選ぶか」くらいの究極の選択です。デ〇ラ派の人はごめんなさい。

しかし、私は敢えて言います。

どっちがヒロインか？　それを決めるのは読者様の心だと（やかましいわ）。

バカなことを言っている間に、もうあとがきのスペースがなくなりました。

福きつねさん、素敵なイラストを描いていただき僥倖です。編集者様、いつも締め切りギリギリに動いて申し訳ありません。そして読者の皆様、最後までお付き合いくださいましてありがとうございます。

またどこかのあとがきでお会いできることを願っています。

時野洋輔

世界の半分が欲しいって誰が言った⁉
最強勇者の王国経営
～せっかちな魔神の力で膨大な国土を手に入れたので国民を守るため残りの半分の世界と戦います～

2025年5月5日 初版発行

【著　　者】時野洋輔

【イラスト】福きつね
【編集】株式会社 桜雲社／新紀元社編集部
【デザイン・DTP】株式会社明昌堂

【発行者】青柳昌行
【発行所】株式会社新紀元社
〒101-0054　東京都千代田区神田錦町1-7　錦町一丁目ビル2F
TEL 03-3219-0921／FAX 03-3219-0922
http://www.shinkigensha.co.jp/
郵便振替　00110-4-27618

【印刷・製本】中央精版印刷株式会社

ISBN978-4-7753-2211-6

※本書は、「小説家になろう」（http://syosetu.com/）に掲載されていたものを、改稿のうえ書籍化したものです。